逆流

村山三重子

春をはらむことぶれは
逆流して堰をきる。
殺したいのちの
恨みをまきとる
遠流からの逆流に
逆も又風流と
彷彿とした魂でまきとる。

明窓出版

◎逆流・目次◎

ざれの配置

一つとや、結婚おとしの配分。

収入が皆無の女の習性は「食べなきゃ」と、てっ取り早く結婚にしがみつく。「女の売れゆき」売るという強みを示して競い合うのは「いなめない」生産性の「穴」裂けめを用意する。

結婚おとしのこの配分。

安定を好む女のそれ「あざとい」

不意の華やぎ「ひきこまれ」男を丸ごと取りに行き「ひきこむ」女まるでふつつか者。

そこそこ奔放な女のコケトリーにそそられてそこそこふらちな男がひょいとあい入れて、お互いの「あそこ」を頂だいし合う。

経済に墜落して「調整ずみ」になるその部分。

差し出された時間を「にちにち任す」

「ぬくぬく続きってあるのかな」うからうからと何かが半端。

「それでもいい」が下地にあった。

伝統を受け継がないと化石になる。

こと新しくもない「決まり」

表向きの愛を裏返すと結局経済、依頼という居心地で食いつなぎ銭に愛想良く、性を共有して、しばり合ったかたち。

年代ものと「決めつけないで」

融通の無いジレンマ「決めかねる」

二つとや、産む取柄は澱《おり》。

家並の尽きた所、崖下で交差した道は右折すると洞窟にもぐりこんだ。

「曲がるのは厭、まっすぐがいい」

左の細道は、海へまっしぐらにつながった。

時化のくぐもった海風が崖に突き当たり、でんぐり返る。折り返しも一度戻る。

めまぐるしい風の置き土産は、ごっごっとした岩肌をつくった。

圧倒した風を「上等」と受けてひるまない。

年々歳々《ねんねんさいさい》平然として、美をたくみにすりかえたむき出しの崖。精神と結びついたごっごっとした安寿の埋めて来た過去とそっくり。

生かすことには目もくれず殺すことへとまっし

ぐら、隠されたものを触発された。

「この人とならだまされたっていい」すかさず恋のやりっぷり、ざれの配置。めっぽう小気味良い。

　春をたしなむ徳かしら、楽しむ節さんらんと「だまされたっていい」さらっと思った。

　まさかの直感、ままに仮寝のかかる帯。

　選び選ばれ対等にラブはトントン。

　呼び合って心を合せて飛んだはずなのに、とっとと来てぬけぬけとやって退ける性を狩る狩人。女を存分に所有して放射する獣性の「堂々の裏切りは得心がいかない」

　置いて来た時間が逆流して、神経をおかしくさせた。性をマスターされた挙句、月のものが来ない。「住みついた分身」「子殺しの刑」「いのちのチェーンを切った」

　いのちを没収する阿こぎ相当したたか。

「産む性をなぶった」

　産む取り柄をあぐね如実に苦へと戻る。

「産む取り柄は澱」

　安寿の生の持ち場は「狂っていたのか」と私におよぶ。底抜けにずっこけて挫折から逃げていたが、あっさり引き払うのはいまいましいとひそやかに瀬戸際感のもじを起した。

「昭和に何か忘れものをした」

「忘れものをしたので取りに行かないと」

　心のそよぎをていねいに忍んで「人間の業」の元を泳がせて遊んだ。

「春が来たぞ、日本の春が来たぞ」

「春はええな桜は好きえ」

「身の上は冬なのに頭《おつむ》はいつも春どすえ」

　洒落に通じるとば口で無生安寿はハテと考えた。

「私の春はあったかしら」「私の春はまだだわ」まだ春も知らないのにうかうかと年が降る独り。「洗いざらしの今を何色に染めよう」はじまりはいつも遠流《おんる》からの血のこごり、離南の相を逆に凌いで洒楽な行脚で、その色合いを封印。女雛の甲斐性は風流を堪能した錯覚で生まれた。

　三つとや、過去掘れわんわん掘り出しもの。

「狂っていたのか」と私におよび

「まだ正気だ」とさかい目をひけらかし、けぶる残感。「天の子どもが降りて来たのですか」

「罪があって流れたのですか」

宮沢賢治「雁の童子」から、忍び隠れに揺れる残影。クリスタルのカットグラスにくっきりと雁がくの字。手で軽く弾くと長い余韻のすずやかな音、ベルライクトーンの清烈に「つと」眼をそらした。ラブを反故したあの日を清烈にはじいた。赤ワインのこんなにきれいな空なのに安寿の心は苦の字。

現実に戻すと乱れのかけらがちらついて、うつろに狂う。人生の火照り夜目に煌々と転がる。軽くない生き方。悩みの鎧、逆にめくれて「この地でゆすり天に帰したのです」

あれからとろとろとまどろんだり、昏々とむさぼったり他愛のない生の浪費。

まどろみの中にちらりとした広がりは現実にはありようがない。その方角は荒涼とした一角。ひと柱伝説から降りて来た乙女は無念の底深く溶けて、ゆめゆめ呟いた。

「おごそかは胸にあり、神はいらない」

「ゆだねるのは神ではなく私」

「究極の所、プライドがやらかす何ものにも染まらない私」「律することの誇り」

「神よりも私を律することのトリコがいい」

あらぶれた生命の岐路、ささげるという抑圧にあらがう意志。独立した内面を反映して、なけなしの決断をはたいた。

「生の炎とたわむれる死一色の乙女を視ている神が陳腐だ」とあざけり返した神妙な個性。極限の隙間に仕組まれた鋭角のひとこま。

「宿命が先に立つのなら」

「宿命のしもべにはならない」

「一瞬でもしたたかに運を切り開く」

「身の丈の成就」

「この身をきっちりと背負う」

「背負い唄はユニークに」

「神のしもべにはならない」

自分の居場所は自分で引き受ける。

ささげるという「ひと柱文化」に紗をかけて、しがらみにつながる不自由をけった。

ギロチン尋常

「あれはいつだったかしら」

不意に来し日、背中を押してせかすから機上のこの高みから、天の深さにまで連れて来られた。旅に吹かれて飄然と面白未知の漫遊は強さをテコに自由を翔んだ。

お昼時、洒落たレストランでエスカルゴを食べていると、巴里がシコトコと音をたてて近づいて来た。風が硝子端のカーテンを揺らした。フランスレースのカーテンの中で優雅に澄ました貴婦人が白い帯の結び目をとぎ澄ました。着物の裾に赤ワインがこぼれた。

ベートーベンの運命が流れて歴史の後へと連れて行かれた。ルイ十六世のギロチンと共に滅びを生きた女の生きざま、ベルサイユ宮殿の黄金の間で金糸のふち取りに宝石の付いた靴をはいたマリ・アントワネットは妖しく息づいていた。贅沢は革命にすすんだ。

処刑前日、一日にして髪まっ白になったロココの女王、誇り高く頭をかかげ屹と眼を運命にむけた。この一心で突っ切って行く意志、何処迄も己のものとして革命の狭間で空に運を散らした。ギロチンその瞬間、踏み出しの弾みひゅっと澄んで銀色の髪は絹を裂き巴里の空をまっぷたつに斬った。

銀髪のデスマスクは露に洗われた石畳に転がされ、コンコルド広場に十八日間放置された。三十七歳で断頭の露と消えたマリ・アントワネット。贅沢と引き替えた生命《いのち》。歴史は現代にもすり寄った。黄金の風呂に入りダイヤのついた靴をはいたエレナ夫人、ルーマニアのチャウセスク大統領と共に贅沢ざんまいに殺された。

民衆の声はこの限りにおいて到達した。

セーヌはあやに優しく白みはじめた。橋のまん中、セーヌの情緒スムーズに通り抜けた。寺院の先っぽを針にしてひと針ごとに歴史のかたちを縫い取った。

教会のステンドグラスの美にまろびこまれて、運のもつ繊細さに針を持つ手が震えました。

「首に刃がセーフ」

　この想いは後日、安寿にふりかかる。

　自立をせっせと求め丹念に時間を削って来た。サイクルの速さに時間がつな引きをしてプツンと切れた。百貨店にいのちを預けた店員の眺望に短く陽が縮んだギロチン。

　自立への見極め負け、非力で頓馬な派遣という職能。百貨店の浅い掛かりをうろうろしていた。

　実利の露骨、独占資本の針の目の捨てる神は「時には強行五分も惜しい」と、ギロチンにのしかかられてしまった。

　リストラのとぐろを巻くのは企業の本能。

　ギロチンの負けいくさは生首に化粧をして歯におはぐろをつける「おあん」がたりのように、イカスミスパゲティを食べて「ああ　しんど」

　いくさのたしなみで洒落てみた。

洒落たかざむき「こっちへおいで」

　心に伝染して体に反射していっそう楽しがる。

「これも面白くていいではないか」

　楽しみ上手は見のがせない能力とばかり能を観に行った。はりつめて停止したまま能面は、あかりに浮き立ち舞い手で引き立つ。

　はりつめた間合いが逆行して「時」の糸は幽玄を誘った。すり足の幽玄に引きこまれた。

「美はいのちの助けになる」

　多様化された変化サイクルの中、すぐにスイッチが切り替えられた。

　自立というお伽噺と経済からのお払い箱を天秤に掛けて、リストラの掛け合い漫才にメリハリをつけていたのが関の山。

雪の疼き

「しのぎ銭しか無いけれど、もう時間は売りたくない」潮の香に意図惹かれ山陰の突風はうなり声をあげて余部鉄橋を渡る。

「ここは見晴しが良い」はんなり流れる回想のうつろいは、寂しさ馴らしの渡し舟。

「結婚結婚と草木もなびく女っていったい何」

「食う切実の結婚は食べる為の和姦だわ」

「貞操をからめた打算がふんぷんと匂う」

「結婚とは即ち夫オンリーの淫売也、食べさせてやるからお前やらせろ」毒が吹き出した。どうしたって不具者。真理の切口上に立腹された思い出の揺り返し。

さあっと妙味な恋の降る。凛と律した節度、綿帽子をいただいて誇るもの一つ。

可憐な白の「染めて」という本音。ふくらんだ花嫁のたまさか揺れる。気のきいてさり気なく角かくしの角は何を隠しているのか。

「食べさせてもらう」もらうという依頼の姿勢で生かされている女の「タクラミ」

結婚の秩序ここに運んで人生の深味にくる。

ふと何かを感じ安寿の視界が一変した。

「児をくれはって男はん、ほんまのことというて嬉しかったんよ」

否定して　そぎ落として　肯定する　結婚のもとい　だけれど　男の裏切り故の潔癖は、女の産まない性の導火線に火がついた。

「はじけるような笑いが欲しいのです」

「間に合っています慰めは」

カンカンカンと赤信号が鳴っている。

街角の信号脇でケロイドの写真をひもといて乞食風に坐っている女。

胸に醜い房が二つある。癩でもないのによじれて原爆患者のそれのよう。

「同情するものがあるのなら美をお恵みください」

傷を繕う場所もなく、身体につづられた流血の後を視て幼い頃からきしんでいた遠い心をたぐり寄せていた。

安寿の運命の出だしには折檻があった。もの心つかない時のスタンプ、きれいな肌は苦行の賑わい。離南の相は七歳のあの日からすでに始まっていた。

「この胸のバラは何か仕掛けはありはしないか」隆起隠したはじらいの赤々と焦がした二つのザクロは引き吊り、蓮っ菜女のイレズミは母の不注意の折檻。七、八歳で花咲いた二つのザクロの哀しさよ。少女はとんちんかんなプレゼントを乙女に渡した。

　胸に十字架を抱かされていたからこそ立ち枯れた心にまといつく残像のこびり付き。

　同じ痛みに関わったような、写真そのものが心をとらえて離さないのは、あの信号脇の関連か。結婚も出来ずに伝え部のしわにしんしんと積もるケロイドの一つの実が、ずっしり重くのしかかって来てもうどうしようもなく胸が破裂しそう。八月の絵本の中は光の玉が城を巻き上げて空中都市をつくった。

　壊れた家のかけらなのか、まっ白原に刺しおろす光が銀色のその時、ちぎれた灰が小雪になって霏々と降る雪さくら子の火照った肌に止まった。いのちがぽろんとブランコしている。夏なのにあっと拾った雪。

　ひなびの里はすっぽり雪に呑みこまれ洒落っぽくハッピーのはずなのに心身に寄せる波風、天のほころびは白く雪はこっそり隆起隠して砂丘さやかはじらいの波、かすかなおののきに触れてはならない乳房の傷を、照らし出して一刹那を衝きつけた。

「醜いね」ソキソキと雪のつぶやき。

　しっかりとまっ白に、からかい一面ひっそりかん根雪の広がり。

　信号脇でケロイドの勾配をひと折れした過去が啼く。原爆を霞掛けにして現実の絶壁に居た。風に疼く雪は、辛酸の潜伏反応を起こして色を変える。あの夏の雪の業をすっぽり弾き出そうともがいて、さくれつしたものを冷然と視たさくら子は

「これ一つ残して置きたい」

　絵に伸びて情熱預け筆しずかに「打ちこむもの

ここにあり」と、一つの絵本に仕上げてゆく。

Ｂ二十九エノラゲイはリトルボーイを落とした。原爆投下のパイロットはチャールズ・Ｗ・スウィーニー。米軍五〇九混戦軍団は日本を狙って原爆効果を見きわめた。

白人思想は黄色を殺した。科学者ロバートオッペンハイマーは善を殺した。

滅び逝く者は何も言わない。

核実験は次々と行われ放射能な地球。

インパクトな回転扉に衝き当たる。かごめ遊びの輪になって、まあるくひとまわりした。

「あれまだ先があるきりがない」

こんもりお山、泉のほとり、灰色のくもがそよいでいるよ。「気をつけて見てごらん」

地球のまわり舞台は公害の山。ほろほろはらはら銀のそよ風がお守りをするようにまわった。地球の汚れが輪になって回転扉から抜け出ることが出来ない。

「おつむてんてんはひもじゅうて候《そうろう》」

慰めはまだしものこと、非人道な核実験。

「まだやろうとしている」

あとどれくらいの空白を埋められるかと「急がなくては」行こうとして行けない、当てにして当てにはならない望み「核禁止」

逆行してうしろに進む。

被災者の心がくたびれて気がくぼんだ。

人非人のお進《すす》みをどぎつく角立てて追い戻す。

干上がったさくら子には科学を風刺することが何よりの御馳走だとおかしな羽目に陥ります。遮断機の上った炎天の底で生を透かしたさくら子。語り切れない余白に燦然とほんものの強さが光っていた。

カンカンと鳴る赤い点滅隠れに立ち尽くした安寿。されざれと傷のこびりつき、つきつめ合った雪の疼き。さくら子と安寿の傷の痛みと一致する心のダメージを背景にもつ、遠い自分を視た思い。重ね合わせて身に詰まされて読む。かさこそとしがみつく侘しさを押し込めたまま心の枯葦をただ視ていた。

「何を視ているの」

あり合せの材料を細かくきざんだ。ツンと来る酢を混ぜ合わせた五目寿司のすっぱさ、さくらエビの香ばしさに一目置いた「いのち」を助けるレシピ。桜のさくら子ではなく、さくらエビのさくら子。花より団子のレシピ。

「自由をかざして新しがっても結婚が勝ち、その一面は食べられるから」

食う切実の経済の秩序「結婚」をちぎったさくら子は何処へ行こうとしているのか。

ゆくゆく何があるやら運命の知る所、風の吹きまわし。雪の疼きを信号脇でめぐらして読めた。

安寿もしかり、結婚を冷たい感覚でそぎ落としていた。

かよわせて突飛な寝姿。生じて障子の抽象的な絵図を少女の頃視た。

「あの影絵は何だろう」

謎が点滅して残った。謎の一点、熱い吸引力で生の凄みが弾き出された。

女いわく男にまかせた成り立ち性を利用して札《さつ》を股でクリアする「まぐわい」の切れ端。たくみな儲けを程良く隠し、おっとりと受けたまわった聖化された結婚。

魂を金で汚すのではなく、いのちを助ける不思議なレシピ。肝心な金は心の量の割れ目に茫洋ともぐってしまった。

図抜けたバランスの妙。生計に遠因した玉虫色の知恵は捨てがたく、金と愛はしょって割り出した夫婦成り立ちの妙、控え目の心で寛容に翔んでさすが。

寛容な玉虫色に揃いのなりしてまねる社会成り立ちの妙。

伝統ある結婚を模様眺めしていた。

頓馬な舵取り

結婚式で祝辞を述べるとしたら、ひらめきのようにたまゆらに、こんなことを言いそうな安寿。モラルでくるんだ上品に見せかけた経済がからんだ結婚。奥ゆかしそうで澄まして食べている経済が切り売りの受ける器の女のかたち「結婚」の成り立ちは「娼婦」めいた匂いがする。躾盛りの時に躾をされなかったことは「すりこみ」が無くてありがたいと褒めのはったりを飛ばして、気にさわるテーマの屈折した精神のプリズム乱反射。

「結婚とは夫オンリーの淫売成」　しんとした式場内で、もっとスリルどきっとすべる。

「結婚前にあの男この男と親密交際を重ねた女はすでに娼婦」

「娼婦とは不特定多数の淫売成」

焦点をずらしてはすかいに見た視線は絶景かな。女比べの選ばれ勝ち、えにしの糸を引っぱったコイン釣りにも芸がいる。

「頃合い良く売っておめでとう御座居ます」

きんきらの声をはじき出した。

「伝統に編まれたいのちの文化、結婚を反故にするのはハッピーじゃない」

招待客の透明な凄みに安寿はほうほうのていで逃げるかな。屈折した安寿の居所、着いた所がありきたり。

第二の天性「未来は誰にも預けない」

スリリングな生命のぶらんこの、この位置で書きたいという虫が居て、書くことによって狂いそうな精神のバランスを取っていた。

孤独地獄もかろうじて救っていた。

今を書いた「揺らぎの記」なのにすぐに過去になってしまった。

片手にもっていた日記の栞がはらっと落ちたのは、折からの風のせいだった。

ぺらぺらとめくった「のたくり記」から気紛れの正体が飛びこんで来た。

安寿の中に取りこむ独りのこの位置のスリリングなブランコを強くこぎ出した。

身体がふわっと空に舞い小鳥になった。宙に居ながらにして眺めを引っぱった。日記の原っぱを駆けた。駆けって転んだら窓が開いた。まわりは混沌、見聞いて今ここに雪の帽子をかぶっている安寿。

　雪がコン、狐がコン、化かされてコン。

　春が来たのに何故わた帽子。

たんたんと流れるゆるくのびやかな行列は、白無垢を先頭に赤い鳥居に入った。

　底ほのかな柔らかさで宮水に影を写してコンと狐に引きずられた。狐狸の里をペロッと成就。夕日が充実して誘い出た。

　茜色に打ちこみしばし守られ欲しいまま。白無垢の眩しさを夕日で消して、茜の空にさらりと去った。乗り損なった玉の輿。

　よじれた内面をのぞき視ると、ぽっちりしこりが小鳥になって飛んで来た。

「思想をかざして新しがっても結婚が勝ち、その一面は伝統があるから」国に守られて、本能を利用し合う馴れ合いの苔を生やした陰と陽の法則。ひとむしりの断面を一見にしかずさっとあばき出した。

「和姦に以たいとわしきもの」

　言葉の花びらは蒼白のブルー。春の倦怠は見降して高く、結婚を逆手に取って皮肉なパーソナリティでこいでいた。

「食は安寿の器で食べる」

　戸籍がきれいな三文高をかざして、我が意得たりとほっと一息ついた。

　和姦が嫌いなゆえんであろうか。

　デリカシーと違うナイーブな心のポケットの何ともおかしなブランコでさらにページをめくった。スリリングなブランコの眺望は一面あだ花がいっせいにそよめいた。そよめきの先で手品のようにカラスが黒い運命をのたくった。孤空にくるめくように撩乱と奥にたぎる。安寿の歩いて来た道のほとんどが、とんだ悪所に乗じていた。

　ラブを反故したあの日を清烈にはじいた。

　男の勝手叩き棄てて来ても、棄てられないものがたった一つ。子殺しという過去の真実。股間のけもの荒れて、てこずる。

「やりたい」という男の思惑。

即席な性のえじき「愛のかん違い」に打ちのめされてしまった女の当惑。

男と女のすこぶる象徴的な意識のズレ。

畏怖の性、以て非なるもの。

とんだしろものをはらんでしまった女の「狼狽」本能を寄せ返した結果に逃げる「絆のロス」

心のずれこみどちらも怪訝。

かつて安寿はとまどいの色をにじませて「中絶」という始末をつけた損な役まわりには、たまらなくこたえた。

世間体のみを唯一の生きがいとするモラリストの折檻。世間に「トク」した母に負けて嬉しい。

精神を殺す殺し屋が真正面にいた。

たまゆらな光にも若《し》かない生命。子殺しという幽鬼の通り過ぎた後、取り返しようのない一切を寄り合わせてむせた。

頭の中はまっ白、遠去かった青春は漂白されたように空白の痛みを引いていた。


切り抜けて来た背景は優生保護を隠れ蓑にした犯した罪の現実。

あの日から母と娘の優しい神話を崩すと同時に、男と女の愛の神話も崩していた。

神話崩しのいきさつ、しがらみを写してズレこむ性の帳尻合わせは女を強くした。

「ここが女の正念場」男にとらわれて作用する女の性は、この辺でよろしく交代。

ともあれ生きるめどは、自立がネックで性の役まわりは女が引き受ける。

恋の免疫から先見のあかりを遮断した。法律に守られた堕胎の伝統。つつましくスリムに女の産まない性は「ほらみたことか」日本をスリムにする。

往時の歴史は風化されたとはいえ、受け入れるには余りにもいかんともしがたいルーツをさけて通りたいルートに女のトーンが煙る。従容としてふさわしく「産まない性」の頓馬な舵取り、ズレの面白さに意識が行く。

「脱性」の由来をひもといて、感性のてまり思想にも以てはずむ。

かたわらに位置して理智吸い上げて、真近な位置のはずなのに理想ぼらけて転がる。

すっかり面白がって握まえようとするとほうほうのていで逃げて行く。

コンと狐の通り雨、化かされていることを人ごとのように眺めて、揺れる世界の厭世を徘徊。厭世気味子というネームを進呈しよう。

逆も又風流

感動に最も遠い所にある安寿。

ひとひねりした性根は、腰がすべってブランコから落ちた。人間存在のいとおしさを拒否した所からさかさ、まっさかさまに落ちた。

落ちた火花はブルーの小花のようだった。

星が散った。運命の星、後遺症がやって来た。

「失うことは良いこと」

「哀しいことは面白いこと」

止まり所のないさかさまの地点で「明るい運がおよびだよ」いのちの張りは何処までもエスピリ。

「さかさたわわに身がなって候」

「飛躍の錯乱これまた結構」

「こじつけ結構寄っといで」

「生きておられるのも逆《さかさ》まのおかげです」

逆も真につながる文殊の知恵をもって自らを知り凝縮した性根を注ぎこんでいた。

厭世気味子の私にもたった一つある快活に触れた夢の分子。

「めっちゃんこな旅はっと好き」

起伏に富んで機能する彷彿とさかさまに欧州をさかのぼる。はんなり遠く水の都へと延びた。井の蛙大海を知らず、怖い者知らずで河を背にのびのびと背泳。

空を眺めて夢を視ていた。どれくらい浮身していたかしら、ふと気がつくと一番金星がお腹の上に乗っかった。金のこんぺいとうを「ほっ」と乗せひとときラブリー。

百五十の運河、三百七十八の橋。

水になびいて建つ脈絡と延びたベニス。

ゴンドラの先は因習を針した。ドヤレー宮と牢獄を結ぶ「ため息の橋」ガラス吹きの三途の河で、ため息の底にまぎれて高く囚人の孤影さんざめく。一度この橋を渡ったら二度と生きて帰れない。水とゴンドラと強い陽ざし。河の中にやたらとクイがあるけれどたくさんの橋と調和して何処から視ても絵になるのに出るクイは打たれるとベニスでペニスをつまんだ青い眼の「小便小僧」がここ一番とひょっと出て爽快に放射。

「まあええわいなあきれてござれ」

ベニスの明朗サンマルコに大きな地球儀があった。地球儀をボーイッシュにまわした。

北海道の無い日本をみつけた。

「開道百余年無理もない」

サンマルコで何を待つ。たちまち旅の昼まぐれ、細長く弓のような日本。

郷愁を母体に北海道を呼んだ。オホーツクの黒い海へ白いかもめが狙い打ち。

しぶきの化身、秘密めいて飛翔。

「オーソレミヨ」と太陽をめがけてあどけなく空を集める。抜けるような空が約束されているはずなのに、オホーツクと太平洋の接点カルデラの断崖に立った。

魚も住まないすり鉢型の湖。湖を包んだ樹木は頑なに絶壁に沈んで人を寄せつけない。

余りにも露に受け馴れて沈んでいる摩周湖。女の独りづくしに似ている。自分を尽くして行く自由の旅は孤高と引き替えにもっている。たちまちパックの北の影。

ドッと押してドッと引くパックの行列。

次は阿寒湖。鏡面から光を伝ってグリンに降りた湖底は地球の落とし子、みどりの珠は日々に肥えて分を得てまるまっている。

地球の結晶まりも、やん茶坊のてまりのようにぽっかり沈んで屈託がない。

ユーモアは地球をモダンに受け取って、このまま花の海へと連れて行け。

流れて網走いたる所、原生花園。一斉に咲く花の機嫌よさ、優美に翔ぶ蝶の充実。人間がいなければ風景も生きないし歴史にもならない。花は女がふち取りをして生きる。

着物の裾に花のめるへんをあしらって、行けども行けども遠く拡い。

防風林をすかしてサイロがお城のように走り抜けた。大雪山おろしの風がめくった層雲峡、両脇の山容は屏風の如く立ちはだかり突風が塀風のてっぺんから落ちて山裾に集まった。天を衝く回廊から流れ星が落ちた。

流星の滝、綿糸の滝、なか空に跳ね返ってしとしと唄う。羽衣岩が柱状をむき出しにして峡谷からさかのぼる自然のアート。

この風景をルネッサンスのお国につなげて、たちまちめざめてここはベニス。

野いちごをせせらぎに浸して谷あい人は小粒をはむ、清流を噛む。清流というみず色の淡い着物はイタリアの大気を吸いあげた河川に映えて、ベニスは安寿の中で近い隣になりました。サンマルコの鐘こよなく惹かれ悠々ベニスゴンドラまかせ。ゴンドラから降りて煉瓦の河岸に坐っていると、銀貨チャリンと音を立てた。銀貨チャリンは打てば響き。

ハテ、しばし、ポカン。

目の前で銭の花が光った。

私、お乞食さま　めぐんでくれたのです。

「おありがとう御座居ます」

蛙はめげずあっ気らかん、銀貨をつまんでいただき立ちした。いただいたコインは表か裏かサイコロの空。

「明日天気になあれ」くるめて空へ放り投げた。

のびのびと遠景。

銀貨チャリンはカタコンベに落ちた。

死者が立って眠っている。しゃれこうべ累々と視ごたえ過ぎて生きざまにこたえる。

「お疲れさまあなたのデスマスクは何処」

しゃれこうべに能面を重ねた。

カタコンベ累々と、ネオンの切り通りの向こうから旅の波は崩れ、うっとうしい悪意のうねりと接した。カタコンベからはずれた街の片隅で傾いた性の女ものがたりを拾った。

ムチの傷あとをひもといた娼婦。バラの烙印をネオンの光にさらすなんて羞じらいの嘘をみぬいた。

白血球は戦って、さまよう獣血をおびやかしいつしか交わる。

液汁のほとりじょじょに埋められ皮膚あざやかなバラさながら。

美は悪戯、芸術は極どい。金髪の娼婦は「バラを見せてあげる」と行きずりの男に誘い水をかけた。何の関連か赤いバラを視ると血が騒ぐと深入りの信号にあやつられた。

好みで引き寄せられた男は醜い果実をかじった。娼婦は気まぐれ男を窺いながら、魔性が朝の光に溶ける迄ふしだらに揺ら揺らとゆられていた。

早朝の街をたよりなさそうにゆらゆらと歩きながらバラを抱いてほほえむ。

ほほえみを切り売りして路傍の人に渡して、何処を視ているのかしらあの眼は、空を住みかと蝶々さながらバラを割ってバラに詰められた想いをかき消すようにリズムを取って呑気に闊歩れ。

そこだけパッと華やかな矛盾のすくみから、エスプリを幸運にしてしまう爛漫さ。

「狂いはまとも」かぶりを振ってリズムにほぐれる上も下もないさかさま。

さかさまのリアリズムをくみ出して、コピーはあきたと同化して跳ねた。

人間のことわりが解らないはじかれ者は、

「人さまに堪忍してもらってばかりおります」

感じやすい魂が根源を視透した精神風景は、逆説を翔んで当り外れの人生を明るくプラスにするの。したたかな異国《いこく》芯にもち貫いて行くのは自分。アッピア街道、行く道帰る道、太陽を受けて走る。ぶどう畑、オリーブ畠、アーモンドの木、なんなんと続くからかさ松。「えんこ傘さして何処へ行こ」

逆も又風流、生きるテンポをおちょくるように聖堂の祈りをテコにのぼって行くと鳩がいきなり太陽に向かって飛び着いた。

金の絵具が糸を引く。金の糸は熱気が溶けて底ぬけに明るく聖堂の入口で切れた。

中に入るとステンドグラスの美が性急に胸を衝いた。三十三歳の善がくるすに掛けられていた。安寿は眼をくるすに「はりつけ」てしまう。美しさ故にこばみ、咄嗟《とっさ》につなごうと美の未知に尽されてきれいな生命を与えられた。古風な受け身の日本人形が、お近づきのしるしに「はいはい人形」をプレゼントした。

友禅の火の色の着物を着た人形は、はいはいと近づいて三十三歳の膝元にぬかづいた。

東洋の摂理、好意となって貫いたかしら。

揶揄して乾杯

オランダの飾り窓で夕日の先に赤い服を着た女が居た。真赤な故に血が騒ぐのでしょうか。カンカンと赤信号が鳴っている。その関連は「性」から始まる飾り窓の女「国」に御意を得て性を切り売りしている。

安寿はのっぴきならない好奇心で近づいた。

一気に女の針、視渡せば今面白い風景が広がる。飾り窓の中に納まらない絢爛性に生きたいと、スケールのはすかいな女を照らし出していた。妖精めく小春の中。

「孤絶しないではたを楽にする」

「あれはいったい何かしら」

春を売る露骨な味と卑しさを、あっ気らかんと大らかに出揃って約束されたような、さり気なさで飾り窓の中に坐っていた。

時をはずして来る男。

女を買う一刹那、本能を先取りする男がいるから女をさらした硝子窓をピンクの吐息がふち取りをする。往来の足音は繁く人智を掘った買物は女の香りが欲しくなり、へそ下何で割切るか「飾り窓」へと買い急ぐ男のかたちをつきつけられた。もの欲しそうなたくさんのうず巻きを、かかわり続けてぴったり添って「あらいらっしゃい」男の本能に「花」をもたせて、ひとときの慰安にとどめを「刺」して、こんなに忙しいのに退屈しているという風に煙草を吹かしてあわあわと煙にまく娼婦。

理想が現金で華美に見せかけてカビだらけの思想にあんにゅい。女めくりの極限へと動かす何かをえぐり出す、もって来いの場所。

ショーウインドーの中の女を男がショッピングする娼婦の館。

白けた窓からつと離れた神父。

「いさぎ良いその場離れを高く買う」

静寂の中で感性が鳴る。ねはんじょんがらのバチが鳴る。男が罪で女がバチか、ミモレのネオンが震える。こんな所で性を割引く女の生きざまは同性としてとてもすぐには理解できない。「身体の職は魂をやせさせる」

「しっぺを受ける運命にある」

安寿の考える集中力は宙へと飛んだ。

昨日迄のモラルの知識は今日はもはや考古学。チンチンとモラルの斜断機を何処で引くか、蒼白い春の揺れは揶揄がありすぎる。

男の本能を満足させる娼婦は一種の「マリア」さま。妻とは夫という労働者を得た「資本家」

経済は静かで強い。この時点に置いて女とは方針も趣向も詰まりは同じ「マリア」と「資本家」を生きよう為ではなかったかと、理解という距離をすんなりと置いた。

モラルの信号脇「飾り窓」の中には、こと、ここに浮寝《うきね》した恵比寿さまが鎮座まします。

娼婦がたりは女がたりに跳ね返って根も葉もある時をくすくす笑って行かせてしまった。

オランダの街に群れをなした雀が夕焼けにまばゆく散らばった。

何とまあ明日を追い駆けて楽しそうに散らばるのであろうか。

旅は広い世界を隠しもつ倍のおつりがもらえます。

しばらく日本離れするのもいいもんだ。

めくるめく風をくぐってもう何年。

みはるかす空間と距離の面白さ「オランダ窓」はつんと空に抜けて当地はかすれた。

遠近《おちこち》のたわめきを後にして、はだら雪、凛とした竹、屹立とした竹は天の底を針した。

谷底からの空まっすぐ伸びて希望につき上る。青く守り切った強さにはずむ。

すべっこい竹の手ざわりを涼しく楽しんでいた。地底の精をいただいた竹藪の中は生の魔法に充ちていた。純潔のまま化石したかぐや姫の正体は実は娼婦であった。

妖しい香りをひもといて「あれも欲しい、これも欲しい」とおねだりして男の心をたぶらかした発想はまぎれもなく娼婦であった。

花は空に向かって性を聞いた。

「花いらんかえー」女は花のひとわんを振りかざして食べて食べて食べ抜ける。

「花いりまへんかー」花売りの本質は、本能を取りこむ経済のひとわん。

グロリオーサの花群れは、からみ遊女のように空に遊んで咲いていた。

そこ退け娼婦、まん中通る結婚。

マリアと資本家とりどり散らし、ウインクして向き合わせた人生の悪戯が好き。

「マリアの中を資本家が走る」

笑いでペロリとたいらげた毒舌の切り売りは狂言を買った。

「娼婦」の運に心までは犯されない。精神の分量によって女のありかが違うのか。

「結婚」男と女の性の図式は同じでも、イメージの分量によって性のありかが違うのか。

「娼婦も結婚も淫売で食べている」

隣のアパートから夫婦の会話が聴こえて来た。

「おい淫売みたいに黒のパンティをはくなよ」

「あら、あなた私はあなたオンリーの淫売じゃありませんか」本質の底を言い得て妙。

　御縁の真理にのびた所を「なる程」と察知した。夜ともなると「ううん」「あなた」双方一致の肌合わせ、なまめきいきれがもれる。ストッキングの肌詰めは蛇の抜けがらのように脱げ落ちて、ベットの脇でうねっていた。

　絹のはずる音にとぐろを巻くのは男の本能。性は微笑の馴れ合いで洗う。

　ひそかにのぞくと風趣な眺め、へそ下を経済で割り切っている。

　男と女の裾模様が乱れ割れ目、性でつなぐ秘めごと足のつけ根からまん中通った夢のそよ風。夫婦橋に掛かった雲がもくもくと膝ぼん立てたお尻にむくむくと狂おしく、面白い貞操感で揺れていた。偶然めくった必然、遠流《おんる》からの約束をふまえて結婚への楯突きの楯をまん中に置いた。

「結婚とは即ち夫オンリーの淫売成、食べさせてやるからお前やらせろ」

　安寿の思想が鮮明になった。

　安寿の情緒は世間と違う。人は皆、同じ所を視ているとは限らない。女比べの選ばれ勝ち頃合い良く売る結婚とはかくやと思う。

「食う切実の結婚は食べる為の和姦故軽薄」

　晴れの日の腰を折る思想の芽生え、貧乏食って生きられるから、貧乏に手を打ち結婚への足を洗った。挟んだお尻に揺れている性の極み、このことの虜になって冷えたけど、陽だまりの祈りになめされた。

　男と女のあらゆる見所、知らない振りしてしっかり視てしまった時、意志というハサミで結婚を斬った。なし崩しこぼれた安寿の残されてある位置。

　肉体を離れ空のあわいに浮かんでいた。

「ああ　空ぞらと　空ぞらと」

「ただ　淡あわと　淡あわと」

　浮かんだ肉体を影から早めに呼んでみた。

「夜枯れた吐息婆はじめ」

「中空で欠けた昼の月」このとぼけたおかしさ故に、とてつもなくのぼせ、人生を洒落のめしてみせようと意志の糸をピンとはじいていささかもたじろがず自分のものにした。

己の掟にくるまって私は私自分色。

来し方、秀頼の娘は千姫の養女となり尼となって生かされた。お市、茶々（淀の方）の血の流れを引いた天秀尼は鎌倉東慶寺で、もの言えぬ女を助ける駆け込み寺を開いた。

男のまつりごとの方便によった政略結婚。

武士が先の時代の習いに、せめてもの抵抗、縁切り寺。

今の皇居、昔の大奥。女ひしめく大奥では将軍の相手に、いのちをゆずる産む「道具」としてあつかわれた。子孫繁栄が切実の女の競い。

幸運を引き当て勿体なくも喜びに吹き上がる「はらみ女」のたてまつられ方。

子を産むことが生きる場所。

その一方、二十五の石女《うまずめ》はないがしろにされ床払いに釈然としない。

残されてつのる呆心、ひるまない画策。


毒殺、暗殺ありの処世法の浅ましさ、女の気質の罪を冬に落とした。

その一角、花の頃にさしかかったお光は殿のお手つきをことわった。どんな波紋も丸くする利用されない清々しさ、権力を上にとらえない、へつらわないことが万金にあたいする一かどの魂。透明な次元、誇りに添って進む。「ああ華ばなと」世間の生きざまから離れて、「ただ離ばなと」華が離れる。

「華はカラフル女のゆとり」

「女のお集《つど》い悪くもない何かをこっそり得れば良い」「ありがたき幸せ」と茶化したおかしさにすがった。自我と社会の習わしの違い情緒不毛《ふもう》の罠に落ちて揶揄して乾杯しています。ゆうゆうと夕餉、白ワインの浮かれて若やいだ華のほどける。

治安の攪乱

今まで何だったんだろう。

自由のきく身体を寂しさと引きかえにもっている。あり余る心ぽつんと、自由すぎてつくねんともて余す。

魂　小ゆるませ。

もうとっくに置き忘れていた十九の頃をまさぐるのはこんな時だった。卒業した県立高校は社会へ送り出そうとした。

「そこに一つ、たった一つ就職先があると」

「何故　私ひとりが釜ヶ崎」

「ふざけんじゃねえよ」

何かが少し狂っていた。生の辻褄合わせに振り返った。二階建ての四軒長屋が連々とつながった山口県の炭坑住宅から、パンが欲しいとさいころは釜ヶ崎に投げられた。

就職列車のめざす先に西成があった。落ちてもここ迄がはじめから釜ヶ崎に落とされた。

「先に進むとどうなるのかしら」

「安寿の行き着く先はいったい何処」

地下鉄で動物園前を降りてガードをくぐると間もなく高い塀に有刺鉄線をめぐらした「浪花あられ」の寮があった。

ピンからキリのキリの街でチカッと星が刺す有刺鉄線の棘が刺した。

「ここに来たってこと自尊心ぺっしゃんこ」

所在なくよろける十九の屈折した個性の萌芽。場末の膝に沈んだ陽炎の底で得体の知れない冷えを感じた。釜ヶ崎に落ちてしみ透るように素速く突き抜ける激しい乾き、空虚の中に取り残されて冷え切ったかたちの私。

ふと小学五年生の時の心のしこりにつながった。安寿は結核で一年休学。回復したあかつきには「ヤーイ、ヤーイ落第生」と囃し立てられていた。あの時と同じ絶望が今胸に来た。

翌朝。寮の真向かいの工場に出勤した。

仕事仲間との挨拶もそこそこに珍々堂と描いてある缶カラにおかきを詰める仕事。

「よっしゃ来い」次々に箱詰めにかかった。

黙々と能率を上げる単純作業の味気なさに、おかきを噛んでボリボリ唄う。

「食べたでしょう」チーフに言われた。

「ううん」白ばくれた朗らかな受け太刀。

「だってバリバリ唄うじゃないの」

さらにチーフに言われたが、あられ、のり巻き、ざら砂糖がきを「ちゃんぽんにしてボリボリ唄おう」壊音を響かせてチーフを横目であしらった。

「あんたには負けるわ」

してやったり何処かで遊ばないとやってられない。釜ヶ崎の釜の底で朗らか勝ちして、バリパリボリボリ単純作業の氾濫。

珍々堂のおかきはコミカルにバリバリと割れてリズミカルに身の上が明るい。

「浪花あられはおいしおすえ」

「口の中は春やで、おいしさのお祭りや」

「女工楽しや高らかに唄おう」

西成の工場で製造されたおかきは百貨店の高級菓子として配送された。


盗っとの泊まる所を落とし宿という。ここを起点として、おかまいなしに押しやられた泥棒という運命にさらにのめりこんだ。

望まなくても悪運はへばり着き、どろりとした高架下をとぼとぼと思いはうねる。

もぐってしまった過去がネックになつていた。

「乱れの先は浮浪者のお通りだい」

覚えよろしくしゃらりとのたもうた。

西成労働センターでたむろしている日雇労務者の一行さま。格好の所に来てしまった。

盗っとの迂回した所が釜ヶ崎。気ままという折り返しの展けた所が三角公園。公園の焚火で「当たろうよ当たろうよ知恵の焚火で当たろうよ」に虚を衝かれた。クスッと笑った奇妙なきっかけ。

「何だかちょっと面白そう」

「面白いものは視なきゃ損」

異質な波形にいぶかりながらも、毒されてからみ着く引力に連なった。世間にうとい私。めったにない機会だと焚火の側迄介入した。不毛の中の一瞬の無我。

すさむように落ちて吹く流れ風、去る為に来る得体の知れないからっけつは「治安一切が無だ」と睨んだ治安の攪乱。

毒舌におののき難破した。炎の花あざやかにたわみ、干渉されない黄昏の一点の恍惚。

呆けた身上は社会のざわめきをひっぺがしてつらつら言うにふるっている。

「大臣の着地点は官僚にあやつられた人形」

「官僚が描いた原稿を読んで未来に何をはめこもうとしているのか」鋭利にそぎ落とした皮肉、洒楽な風格が残った。政治腐しもののけをにらんだ。零落の果ての折れ曲がったおかしみ。

「辛苦を手玉に取って躍ろうよ」

合槌所じゃないがむき出しのおかしみがこみ上ってクックッ笑いが無秩序に走った。

「無礼者」燃える風体にほうやりほうと追っぱわれたリアルの一線。

弱運の隙に雪崩れこんだ十九の笑いだしたくなるような情景。くぐもった風がざわついて寒さの走る心するり抜ける。

一丁上り「おあいそ」離南の相がたたりのように視張っていた。安寿がここに居るってことは、そこ退《の》けと以てあるもの流れ日給がいのちの日雇労務者。視たものは安寿の中でこなして行く。炭坑育ちが釜ヶ崎くんだりで働く縮図。「スラムを注目せよとのお思し召しかしら」ついてない身は仕様こともなく運の策略にのっかった。

新世界の奥行を陽を当てるチャンスだと克明につんむく。

はしっこい生き祭れや、ませくろしい小才が「なめんなよ」といっぱしの圧する力が占領して乱しに来る。「ぬかりない」共通の目つきに、目を開いてつぶさに視て「たじろがない」

オカブを取ってバウンドした。

「柔和」と引きかえに「不敵」と取って変わった。ひるまない意志が強さへと結晶した。

悪ぶれず変容して生きる秘訣みつけた。ひいき目に視ても共感の距離のもてない西成にパンチ。通天閣からいのちのかろい上げんの月にのせて、ひょいと祭らう。

上げんの月はネオンのかたちだったとはこれいかに。特異な角度のとらまえかた。

　気の利いて風興な機智のほどける。

　挑戦と破戒のたたられはじめ。


　湿気のすくう露地裏はエクボが出来て笑っている。雨ぽつんエクボに涙がたまりました。空が泪ぐむと日雇労務者にとっては人生に嘲笑されたと同じ木賃宿で悄然と埋くまる。

　シーボルトの妻お滝さんをなまってオタクサ雨に揺れるあじさい。「オタクサン困りますなあ」素寒貧になった労務者に、うさん臭そうにドヤを追い立てる底辺を視降ろしている木賃宿の主は芦屋住まいの人だった。

「雨にしっぽり濡れる程あざやかに咲くオタクサになるねん」しぶいた雨の落ち溶けて、つゆあけ遅れの雨をほめ、石をまくらの浮根草。アオカンで焚火もくすぶり、いみじくも人間が煙る。

　キュートな風の変化サイクル。

　翌晴。三角公園の舞台では「天気は元気」にこっと笑って天を衝き脚光を浴びた役者のように、きらきら愉快に光をあやつる。

「金まわりボチボチでんな」なあんだ現金、思想がありそうで無さそで銭堪定元気。

「お金が先で心が後でやっぱり経済が先でんな」ここは西成自立色腐《くた》し、誰かが顔をそむけて通る。みんな同じ人間なのに釜ヶ崎界界隈能もなく「金は酒で逃げる」この底辺でパッと散る黒にカアカアと振れられた連想は、これからを生きる安寿の寂寞とつながって行く。

斬新に燃えよ

「おやこんな所に」まばゆさ一つ釜ヶ崎で視つけた。のほほんと眺めているとサフランの香りがした。

安寿その時、うす紫の精、邪気ないサフランの勢いをゆずり受け楽しみにはぜた。その出逢いは何か不思議なインスピレーションを感じさせた。

「着いて行きたい人を見つけたから、置いて行かれる事が怖いから」

どきりと震えて揺られて風の吹く。吐息のかけらにつと歩みひるむことなく彼の所へと進んだ。

「小生　神風太　風来坊の風太」

「大海を知る為に漂泊する男」

なかなかの不良さをチラッと肩ごしに振り向くその時笑った風太。

その影に優しさが溢れていた。何か忘れものをしたようなはにかみの笑顔、はにかみにくるりとつと美を摘む亜麻色の未知がそこにはあった。奇跡のように選ばれてある彼は私の神であり美だった。美を祭って信仰する神風太、ぐっとくるもの、たちのぼるもの、格別のもの。

お金が欲しいと賽銭箱は確固たる思想で口を開けて待っている。五円玉、十円玉、五十円玉。

ひょっと視ると眼の先で小銭の散乱。奈落にセーフ、何ともおかしな散乱。

神を上に捉えて銭を下に捉えても神社は賽銭箱を利用してその局面は「お金をちょうだい」とおねだりをする。「仏にお供えするものがあるのなら生きている者にお恵みください」

仏を崇拝しても結局は儲け至上、利欲につき当たる。金に頼って上も下もない短絡。

社会いわく金にまかせた成り立ち、浮き立ち拝む資本の一流は万札拝みの拝金主義。

世間の絆も経済仕掛けのやりとり。

「ほろり寂しっぽい人生でござんす」

「何故ここに居るの」

「何故ここに来たの」

同時に言ったりして「はき溜めもなかなか面白い」と、おうむ返しに谺と遊んでヤッホー。こんなにも明るく、さてさて明日へと引っぱって行く。

ごきげんな青春とび抜けて光る。釜ヶ崎の極どい底でスタスタと来合わせて「そこ退けろ飛んで行こ」

五円玉が飛んで来て奈落の底をのたくった。

「ここで逢ったのも何かの御縁」

「出逢ったこと阿弥陀くじ当たり」

「弥陀の癒しをかまわず拝借」

「ヤッター」のアクション極楽節は止まず。

「おつむてんてんはええな」いつもここから始まって。

「トンチのまん中さびしない」

かんがり燃え色斬新に燃えよ。

胸よりのぼった情熱にぴったり合掌。

ついと伸ばした手の先に金と青の光が走った。凛と柏手《かしわで》でアピールすると合掌した手の先にたまゆらな光のダイヤが揺れた。

芥の中で視つけた弥陀の陽気、風太のあかりを借りて魂に響く燃え色の快感が突き抜ける。「発車オーライ」と時は素敵、ロマンを運んで来た。

「西成も結構いけるぜ」

風太は住みにくい滑稽を呑気に置き変えて主義の無い結構をコケッコオーと啼いた。

安寿も習ってコケッコーと啼いた。

「ここは恐ろしい所だから帰りましょう」と、母が迎えに来てくれたが結構と言って帰した。

安寿十九、風太二十歳の屈折して人生のさじ加減は感覚的。

「零落相応の所へ来てしまった」

語りかけて止まないと風太は言葉を叩きつけて来た。三つの時父を七つの時母を亡くした。

「結核菌は子供の生命の襄い先」

「近寄ってはいけません」とぎれた声が震えます。陽なたぼっこの縁側で移らないようにと、こんなにもお陽さまに愛されて眠くなるような春の少年。運という御褒美は父母の死というプレゼント。

純粋無垢な広々とした自由が犯され始めた時、余儀ない日々の現実がのしかかって来た。

「生き残った者は食べなければならない」

「はじらいよりも食べるが先」

過敏な反応で呼吸をした少年のそぞろ心が身にしみる。春の寂寞につながるひもじさに仏前のお供えを食い散らした少年の頃を置いて来た。風太の履歴につながるひもじさは釜ヶ崎につながった。

「ここに居るって事だけで貧すれば鈍する、錆びた精神の落とし穴に落ちてしまった」

積み敷いた哀愁がふともれた。

隠された物語を延ばして発展させた先は寂寥。

「いのちなき思想の哀しさよ」

「我泣き濡れて、軽きに泣きて」

生い立ちの寂しさを懐かしくとどめて吹っ切った。自らの強がりをこの時拒否した。

しんみりかしこまる。

「泣きの小生まるで啄木調だぜ」

「こんなもんだか相応の所、僕の領分」

あざけりの糸玉が転がって笑うと寂しさがこぼれていた。それを視ている安寿の分担。

「釜ヶ崎こそ哀しけれ」

労務者の街へ来なさい。世間はぐれの往来でこぼれ者否定の片づけられた方、炎の竜のひと役は怒りのトーンで始まった。

真赤な怒りに刺し降ろす力が釜ヶ崎色に染まる時、ちぎれた心が吹きすさびすねたように暴力をほどいた。しいたげられた心根は最前線の暴動の海へと必然的につながった。昭和三十六年西成差別のあざ笑い釜ヶ崎暴動の側に居た。

垣間視た現実の空虚に吊った無関心の不安。

資本主義の落ちこぼれ、ボヘミアン主義のスキャンダルの歴然。

沸騰する怒号と芥と偶然落ち合った時間。

「宿業も因縁も真正から視据えたい」

「空虚に吊った無関心の不安」

矛盾の狭間、冷笑の街の底でひとしきり揺れる景色の濁りを呼吸していた。

理想が視えないこの街の現実。風太は己のぶざまさをあざ笑い、いらだって西成の小石を拾って投げた。蒼い空に飛び出た小石、目前の釜ヶ崎に引きこまれた。

金ラメ銀ラメの空間、一瞬まつげに木もれ陽が止まった。さり気なく繊細なものを心の何処かに秘めて、まつげの考える葦は震える。

　外観はどうあれ内面は戦っている。ドライな外見の底に意外に素直な秩序を秘めて自分の世界をもっている風太。


「釜ヶ崎には、はぐれ者がお似合いだわ」

「天の深さに根をおろしたい私」

「でも西成に根をおろすのは厭」

「ここはうだつの上がらない所、釜ヶ崎に居るって事は負けなんだ」安寿の思いにいぶかって近づき「同化出来ない」と落とした風太の言葉。

「逆も真、ヒューマンのイミテーション、逆説がかえってドキュメンタリー」

「ここは一つの学び」

　眼がきりっと生きていた風太により動かされた。も一つの学びはきわめて美しく、通天閣の点滅と共にまたたいた錯覚。

「貧富の差も浅ましさを通り過ぎると喜劇だ、この喜劇を楽しもう」


底辺のひとひらめきの表白。

　まっすぐ行く人生と、はすかいに視た人生と、どっちを選ぶかとすれば何か変わりたいと、はすかいに視た視線は光の反射で赤い眸になる。

「気にいって」上手の心で今をある。

「なる程釜ヶ崎陽気に歩こう」

　私のきつさをこんなにもたわいなくつぶしておしまいになる。人間的萌芽へと「強く」くさびを打ちこめるのはここにこそあると、そこに始めて強さが生まれお互いに信頼の時間を受け取っていた。

　こだわりもなく私にとって本物のあなた、しなやかさに握まって執着した好意をむいていく。彼が居るってことだけでひたすらに生を明るいものにしていた。

　五円玉の穴にウインクして拠り所スマイルの御縁、同じ時間をむいてゆく。

「余り幸せだとこの幸せが逃げて行ってしまいそうで怖いの」

「あなたのリズムを預かった内緒話もあずかった、

さてこの辺でよそ行きの感じを普段の感じに取り替えっこしましょうね」

　そんな風に季節はめぐり有刺鉄線の中の涼み台のまわりは、打ち水に箒の目も新しかった。

「何　視てるの」

「ひまわり色の風　視てるんだ」

「私もいっしょに　視させてね」

　風鈴が鳴っている。りんりんと鳴らすのはあなたは風、わたしは鈴。釜ヶ崎めるへんと名づけたいような南からの風がくすぐったい。

「りんごいりませんか」「地球いりませんか」

　ひと齧りしたりんごを彼から渡された。

「わっ」と笑いに底ぬけて安寿は一杯の陽気で受け取った。風太の指先が触れた。

　指先から伝わって来る熱の量は安寿の内面に触れて心の奥に点火された。

　青の優しさが眼の中に残った。一つのりんごを齧ったの、おおっぴらに照らいもなく青い地球のやりとりに二つの心が重なった。このままじっとしていたい。好意のゆるいハーモニーはつらつとのどかに交う。この触れ合いは透きとおって高く、何をもってしても比べようがない「幸せ」と感じた純粋まるかじり。あれは刹那の絵であったろうか。

　よそ行きの建て前を本音に取りかえた風太。

「はつらつとした青春をこんな所で割引かれてはおしまいだ」「一時凌ぎのブラ下りの職」

「貧しいものの飢えを満たす小さな希望は無かった」

「明日帰る」ぽつんと呟いて風太は宮崎へ帰郷した。十九の恋はちょっとひるむ隙にみんな盗られて「あっ」という間のまばたき程の風景だった。

「ジクザグの有刺鉄線は高く」

「独りでいるのは低過ぎる」

「つまんないなあ」

　ぽつんぽつんと雨だれみたいに諦めを落としてゆく。不毛を明らかにして空《くう》を行く若さは惑うことなく空を貫いて何処へおいでなの、誘うように優しくブルーに溶かせてすきとおったまま置いてきぼり。森閑と清らかに怖い硝子のように透きとおった寂しさがこぼれます。

　ワイングラスに氷を躍らせモダンに受けとる恋ぼらげ。レモンスライス頓馬に浮かべ飛躍も半端阿呆かいな。風太のいない大阪は何の意味もありません。

　哀しみ一乗心の後に放り出してサロンへ遊びに行くように安寿は間もなく上京した。

書簡いのち

風太は宮崎日産に勤務していた。

逢わなくても強まる精神いのちの強さ、きらつく唯一の便りに希望の青春があった。

安寿様
　永い間御無沙汰しておりますがその後お変わりのない様子何よりの事と思います。

　今日まで小生のようなつまらぬ男のことを忘れずにいて下さった事お礼いいます。

　小生只今、宮崎日産（株）ってチャチな会社に勤務しております。チャチな会社ではありますが自動車会社って所は活気があってなかなか面白い所です。所でこんなに遠く離れてしまってあやふやな気持でおつき合いする事は、結婚と恋愛は別だと割り切った気持にはとうていなれない自分です。もし僕が本当の恋愛をするとしたら、その時は結婚すると心に決めた時でしょう。

　大阪にいる時、よく貴方の部屋に遊びに行きましたね。貴方が嫌いだったら遊びになんか行かなかったでしょう。一人の女性として好きでした。一度貴方の寝ている所へ遊びに行ったことがありました。あの時変な気持になったことが御座居ます。人間誰しも理性というものがあります。その時ちょっと理性が強かったというよりも、鋳型にはまらない意外性の君に限りなく透明でいられたのかな。　風太

安寿様　お手紙有り難う御座居ます。

貴方のこと好きです。常に貴方のことが心の何処かにひそんでいる事は確かです。大阪で今でも眼に残っているのは、貴方とのお別れに寮の二階から私をじっと視つめていましたね。あの時自分からプロポーズしたいと思いましたが、あえて自分の心を抑えていた次第です。他人に弱みを見せたくない、そういう強がり本当の気持ちを偽っていたのです。私はこれから素直な気持で貴方を愛し、貴方の気持を率直に受け入れたい。

貴方のことを思っていると軽快にふくらんで高鳴るなかなかの味わい。

思いの炎はいたる所に現れて僕を突っ付く。

風太

安寿様

私の貴方に逢いたい気持は貴方のそれよりも強いかも知れません。

貴方の心を小生の胸で支えてあげたい。

力一杯抱きしめてあげたい。

そういう気持です。

一日も早く貴方に逢いたい。一日、一日、日がたつにつれてその気持が高ぶるようです。

とにかく貴方に逢えるってことだけで、今の私は大いにハッスルしております。

逢ってからゆっくり話をしよう。

ではそれ迄お元気で。　風太

書簡いのちの言葉を抱きしめて恋熱をかかえ飛行。天空で高く未来にのびるすこっと恋が抜けて来た。

安寿のひそか心はせきを切り意志する所へとやって来た。初めて逢った時と同じサフランの香りが真近な位置で弾みます。宮崎の空と海と写し合って、

「目の上が海で、目の下が空で上も下もないさかさま」

「海が天で空が地で、天と地がさかさま」

心くるくるっとまわる、ここはフェニックスのお国です。まあるく心を絵合わせして思惟する所、きらめきつなぐ真実はまなざしに夕日がこぼれた。はにかんだ空が、赤いクレヨンで薄めて夕焼けつくります。そこはかと好みが同じ、めざした先は花紀行。一緒に等しく「はっ」と震え感動に打たれたいのちの初夜。

花は空に向かって性を開いた。

一面ぱっと匂いを空に放り出した。

息詰まる生殖の分泌の激しさは互いをめまいさせる。男と女の性の調和、生殖の祭りの必然。

ふんぷんと香る花の娼婦性は現実の闇の底に溶けた。


翌、ぱっと眼が覚めると「カアー」

不吉な予感。

「ホテル代が無いんだ」

経済がすこっと抜けていた。

突然変異の白いカラス情緒が飛んだ。サイフの中の空っぽを、さて何で埋めようかと別にこだわりもしない。

「さっぱりと竹を割った性格ね」

「自分で言うのも何だが僕の性格がよく現れているよ」フェニックスの葉影からもれ来る余光におどけした風太。

葉うらの風かげは視えない。

余力溢れる火照りを殺す。

風の子スリム

父の停年で山口から島根へ移転。安寿は両親の元へ帰っていた。島根は神々の集まる場所。

電報が来た。

「一六ヒユクジカン　オッテシラス」フウタ

「一六ヒアサ四ジ　ツク」フウタ

神風太がやって来た。

僕が本当の恋愛をするとしたら、その時は結婚すると心に決めた時でしょう。その言葉が生きていたから結婚の申しこみに来たのかと思った。

臆面もなく両親に会っただけ。たましいの安定は得られなかった。

「何しに来たの」

「神楽を視に来たのさ」

ほの灯りが視える。遠灯りに誘われた。

いくすじもくねって「炎」となった竜は、思いをためて突進した。力を集めた迫力の舞いは宙を明快に翔んだ。芸の気骨に圧倒され「神楽の舞いはキユートな神さま」だとふるいたち了解した。

「気」の「元」を笑顔でくるみ風太の狂った火の粉のひと役は、恋愛ごっこの地図をフィーリングとしてとらえコンタクトして来た。

するすると音もかすかに入って来た茶の道は蛇。小蒲団の大蛇、ふくさ裁きでうろこになった驚き、一休一茶は奇跡で始まった。

まっ茶をかき混ぜて茶筅でコトンととどめを刺してほうやりとフリルのようなあぶくいただきます。愛しているという男のひたむきさに、うのみにして一体となり、一つのものを視つめ合う妖しいコンビ。

生かし合う相の手、女の洞窟に白精がはじけてうねりが寄せる。ドンと運命に押し出されて深い宇宙は遊ばれた。須佐之男命の大蛇退治の神楽に情熱をくぐらした華やぎ分け。

つと美を摘む　恋はぽ絵む。

ひらめきめぐらすセンスが同じ。

神話はカラフル、月にスイングする。

添水のカーンとした音が炎にまぎれた。神楽囃子がより透明な紅蓮のまっ只中にすべりこんだ。

「惚の字の器は紅蓮の炎がお似合いだ」

「風土が微妙に反映して趣きの良いこと」

えにしの糸、変わり方の中味、原点は変わらない。さりとてこのまま進まない。

いやはや、ゆかいとんちんかんもきわめつき。

小さなつばくろが流れた。流れ星が落ちた。

落ちた海から物語をくみ出した。

めらめらと炎からもらった贈りもの、三ヶ月の時はへそを曲げてうねる。休息するには風の強い日。女は浮わずり高ぶるテンポで、ため息のあとに火を吹いた。「子供が出来た」と。

漂泊の妖うさ、土壇場で男の正体が視えた。リッチにのぼりシビアに落ちた愛のあと、鯉はニシンの隠し絵を知らぬが仏の原理で逃げる。一番かんじんなのは「産む」「産まない」の選択の違い。

女は「産む」といい、男は「産むな」と言った。

この一点に於いて眼の止め所が違う。

心がむくれて赤むくれた。

すばやい拒否はブルー、胸の毒はうねり、衝撃の色はまっ白、心の置き所に衝突を起こした。


「指紋が反対に流れている君の線、生き方が違う」

経済が抜けている不安の揺れか、風太は駄々っ子のようにもどかしくなじる。やん茶坊をあやす母性を求めている事を計ってやるには余りにも幼かった安寿。愛の炎の白精は子宮にピカリと絵を描いて逃げた。サイフの中の空っぽを空っぽのままにしてパンが逃げる、白痴が躍る。

「茶柱が立ったからさい先が良いわ」

「朝の茶柱は良いが、夜の茶柱は悪いきざしなんだ」

ちょこまかとしたやりとりは、めんどう臭いと自分を略して行く男。発酵してふくらんだ苦さをあおり、たかをくくって酒に逃げる。不実の茶番。ショックをシュレッダーで切りきざんだ男と女の攪乱する風景。

貴方の心を小生の胸で支えてあげたい、力一杯抱きしめてあげたい。

風太の言葉が清らかに哀し。

書簡いのちのその裏で彼は別の女と洒落っ気風を吹かせていた。いいあんばいに行い澄ましている風太。拡く夜をたむろしている恋人達は愛の審判にかかった時、すべからく不信の愛を許して一緒になることを同意する。

私にはそれが出来ない。

「嫉妬という言葉もけがらわしい」

立ち止まりを許さない少女の潔癖。これを捨てたら私が私でなくなる。古風とモダンが調和した神風太。さて又神よ、裏切りの神は出ておいで。いい事ありそうではぐらかされた。火照りを殺した狂人は鮮烈な自己のむこうで誰よりも醒めていた。

須佐之男命の大蛇退治の神話を男退治に置き替えて、これぞ正しく男性不信への道。

熱心に費やして一心に集めた物語の抽斗は、虚無の底無し穴だった。

わかれ風が吹く風のとまどいの中で、行く意志は南なのに運命は北を指していた。

幸せから水を開けられた。

彼の叔父高校の校長から便りがあった。

風太も二十歳を過ぎましたので、後見人であることは無関係にと存じます。

本人は学業成績も良く、仕事に対しても熱のある申し分のない人間です。

貴方程風太の存在を知っている方はないと存じますので、力づけてやって下さい。仕事をやめたとはいえ今、就職は幾らでもあるでしょう。元気づけてくださるのは貴方より外にないと存じますので、何れにしましても風太と良く相談されまして、将来の為に好ましく設計されることを祈ります。

「祈りのお思し召しありがたや」

「徳望の折り紙をつけよう」

ことなかれと祈る校長の恩量の器は傑作の一画と諦観した。

祈りだけでは食べられない。いのちのさたも金次第。食べる為の現実はまず経済。

はらみせの現実は先立つものが無い。

モノクロに醒めて小さな生命の裾野をくるくると廻っていた。結婚届が無い限り小さな生命は紙一重。
行き先は混沌として小さな生命を何処へもってゆこうかと感情の収拾がつかない。

だんだん膨らむお腹をかかえた未婚のはらみ女に社会性おろしの風は冷たい。

結婚へ進めなかったはらみ女に、世間のひと群れは奥ゆかしい性質の挨拶で、すうっと身を引き何やらひそひそと魔女狩りのように囁く。

的を黙ろうは辛いから胸に詰まった思いに光を当てた。

生命の凄みたどって行くと赤い糸、目に視えぬ意図。屹と視据える人間、遠くから視ると点、はたりと点を落として事実を視据えた。

「どうしたいの」娘の目線に迄降りて来ないで

「良くあること堕ろしなさい」

コーラスのように喧しい生命の裁判。

未婚のはらみ女は子を堕ろす消耗品なのか。優生保護、法律に守られた子殺しの伝統を盾に世間体に作用され、

「ハッピーに産み落とすのが結婚で、未婚は醜胎、御披露は許されない」

泰然と口舌八景。

精神を殺す殺し屋が真正面に居た。

堕胎を進めるそのこと自体が不思議そのもの。産婦人科へと引っぱっる母親の熱心と娘の諦観。

噂好きの村で子を産むことはしなんのわざ。

保守的な骨肉の情、世間体だけならそうなる。

「みっともない」と他の県の病院へとこっそり足を忍ばせた。

生かす心はみじんもなく一筋のわらをも握めなかった。殺す方へと仕切られた逆縁菩薩。

「世間にトクした母に負けて嬉しい」

いびつに投げ返された焦燥のかけら、女の業を受けて立ちまっすぐ進んだ。

孤立感だけが置かれるとも知らずに。

心の穴に病室が写った。カスピアと紫苑の紫が揺れていた。小さないのちの処刑場へとめまうように引きずられて行く。

めまぐるしく移ってゆく、切れ目なしにそそぐ。みどり児のおわりの時間。

「未婚でも子宝、子宝をぶあしらわれるいわれがない」

産みたいから七ヶ月間おなかのいのちを守っていた。あと三ヶ月かりそめの宿が欲しかった。

堅いベッドは堕胎の罰の席。

陣痛をうながす為に薬を呑み股間に機械を挿入した。小さないのちの生のあわさ、
お腹サイドに死を打ちこみ母体を打つ。

あらぶれた生命の岐路
「生の炎とたわむれる死一色の小さな生命を視ている神が陳腐」

極限の隙間に仕組まれた風太と安寿の「いけにえ」

薄い生命の断崖に立った。

岩に打ち寄せる波先から夕日が乾いた。

山脚から崖へ、崖の片影はこっぱみじんの波しぶき。素足で走って走って海の呼吸にまで火照った熱さを冷しに行った。足のつけ根から真赤な血しぶき。

しぶき花赤をさやかに寂をすべる。


「胎児は汚物の中で七ヶ月間うずくませて逝かせた」

「いのちの水で洗い清めることもなく」

堕胎絶壁で夢を視ていた。

相思相愛の男女がお祈りしました。

十月出雲は神在月、神々の会議中にガランガランと鈴の音、神どのは眉をひそめてえにしの糸を切ってしまった。

「ここは何処ですか」

「ここは魂が抜けた所です」

ほわっと追うとほわっと抜けた。

「神さん何処かへ行きました」

琥珀色の弓型の器に真赤な真実死児が転がった折檻の席。

いのちの栞がはらっと落ちた。

無念の底深く溶けて呟いた。

「おごそかは私には無かった」

「神はいらない」

子堕しエゴにいのちまぶれ、生命の秤の軽いこと、血は秤からこぼされた。

「産むといい」父のかくれ言葉は聞こえなかった。たまゆらな光にも若かない、あだやおろそかいのちこれっぽっち。子別れの儀式は残酷だ。子に逢って子を殺し何と母神の罪つくりなこと、あれをむごいと言わずして何をむごいというか、世間体殺人、無罪放免。

　未婚のはらみ女の烙印。

「誰も視ていない」「心が視ている」しのぎ銭が無いから子を殺した。

「殺したわよ」わあんと響く。

　わあんとした心に今しばらくここに立ち私は生きている。狂った笑いは鬼そのもの。よぎり立つ苦しみが胸にくる。

　十月二十四日風太の誕生日は小さな生命の命日。祈りの庭にこぼれんばかりの涙を刺繍した。

十月寒露の月はカンラと笑った。

　きらり涙が集まります。ぽろぽろと涙の玉、真珠の連なりはちきれて糸から飛び出て何処へやら。

　生かすも殺すも男と女、煎じ詰めればどっちもどっち。責任を生きうる強さは無かった。

自己の秩序も無かった。

「食べるという生の卑さを払いのけた」と達観した良心の欠如。

　明白な事実が透明な時間を突き抜けた。

　底引く冷たい月の雫が泉水から導かれて竹の筧から血を溜めてこぼれた。

子宮をかき廻されたひょうきんジグソウに。

鮮烈な赤、吐息のかけらにつながった。

曳け渡った産婦人科の中絶後の伽藍を高見から視降ろして、険もホロロに痛みを突くさまは神在祭。

　いつも明白が解からない。まるで自分の中の哲学を消化するように孤独なお祭りを始めた。

「はらんですがり着く女は時代遅れ」

「ならば縁切りの糸はこちらから斬ってやる」

　性とは次の世代に生命をゆずる為に控えている法則とはいえ、男の裏切り故の潔癖は女の産まない性に火をつけた。

　花粉のおのこ用たし終わってへらへら。

「いい気なものね、男にかしこまってはいられない」

中空の一点で不実に割を食った女の産まない性の呪文が結晶した。

「男も要らぬ子もいらぬ所詮私は無縁さま」

受身の女が今起きようとして性の極めた所から道をつけた「産まない性」

私が私であることの証明。

「庇護なしよろし慈悲いらぬ」

「生きざまの的は男には置かない」

結婚を静寂の中に落として生きながら埋葬させた。

「産んでなるものか」

阿呆は一行に固執した。

いのちを素っ飛ばした。

さっと　さらす　未熟。

無知故エゴに化けた私の作法ゆるせない。とてつもない事なのに、おとがめもなく凌いでのうのうと能無しはこともなく生きている。

まっすぐ視つめる人生を受け入れようとしたら安寿の場合はこうなった。

法的に追う知恵もなく世間体だけあって慈悲が無い母と、認知というかたちも知らない安寿の幼さにマリアの母子像の踏み絵を踏んだ。真実を怨み、ねたみ放して又拾いふるいにかけてどんらんと視いる。

「あの娘は子を堕ろしたのよ」

存在感否定の未婚のかたち。

ほつれ世間をかき上げながら「裏切り男が憎い」とこぼした母親の娘への思いやりは嘘寒い。

「尻ぬぐいをさせられた」「世間さまに恥ずかしい」

「子宮をとったら」とさらに追い打ちをかける。

母性のこわれ「産まない性」の頓馬な舵取り、つつましくスリムに女の産まない性は「ほらみたことか」日本をスリムにする。

子供は風の子、いないいないバアー。

「少子化バンザイ」

税にあえぎ日本を荷物に国をひかせなくて「ヨカッタネ」。無知が逝かせた風の子スリム。カンカンと日照りの中、カンカンの踏切りで炎熱のパンチに放心して残された娘の述懐。世間に尻向けても小さな生命がかわいそうだとは夢にも思わぬらしかった。

世間と生命とどっちが大切か、世間体のモラルの意図に転がされ真実の優しさは無かった。子殺しへと導いた怨み、積もり積もって大きく積もる。

「あなたがお母さんであって良かった」と私にはどうしても思えなかった。

私自身を許さないと同時に母をも絶対に許さない。「表面つくろいのお母さん世間のお見せびらかしがそんなに大事なの」

母と娘の優しい神話をこんな形でなぎ切ってわらわらと逃げた。

「あした私、生きてゆけるかな」

崖を登った死が駆ける。絶壁の底の日本海を視ていた。切り立ちの上に凛とした凄みで立つ女。おりからの太陽に延明を祈り、目もくらむ景観の中でひるむ様子もなく飛んだのはかもめ。屈折した精神の袋行路でもうろうと遠く興ざめた点景。

食べさせてもらう「もらう」という依頼の姿勢で待つ女の甘さ、こずるい考えひゅっと招いた中絶。

余白に狂った一つの絵、弱さ一つ浮彫りにしたのがれようのない運。

「ちゃんとした人だったのに本能にまぎれて繋ぐ」「よからぬこと」進む意志の先に殺す工面をする慈悲不在の現実。

産む選択は許されなかった。

失敗こそ最高の良薬。

良薬はぬってもぬっても斬口の震えに痛い。

世間の常識に負けて心を縫われ、花のいのちは駆け抜けた。ことんと滑稽に転んだ恋のありか。

神妙の妙味

どんな風が吹くのか、安寿は経済の理のある所へと再び上京した。新宿のロッカーにボストンバックを放りこみ、身軽になって高層ビルの底を歩いた。光の反射に挑戦して伸びをした。

大都会を呑みこんで街そのものになった気持。人の洪水の中をみなぎりほと走る力で泳いだ。ビルの谷間のでこぼこ穴に衝き当たり、もぐら叩きをするように拳を握った。

「寝ぐら捜しはもぐら叩き」

「寝ぐら」と「もぐら」首を振り振りふりこの気分。土地が切り詰めたギュウ詰めのアパートが建てこんだ東京の片隅に「何とかなるわいな」ともぐりこんだ。

「経済大国うさぎ小舎」

布団を買ってその日の内に住みつく小半日のエネルギー。自立の一歩は経済が先、金儲けの信仰から始まっている。儲けを受け合う事務所から百貨店に派遣販売に行く。

「仕入先より只今参上」

百貨店の飾り窓は誇りけんらんとパワー燦然と、かくも近く引きずられた。

硝子窓の冷たさは熱っぽい手に嬉しく、自立けんらんと経済燦然とショーウインドーの中に納まらないケースの中に納まらない高度成長のお伽噺を小気味良くのぞかせていた。

経済から逃げては女がすたる。

女の自立感覚をお見立てしよう。

タフは内からやってくる。タフは優しい伸び支度、これから何を優先させるか、より良い人間の復帰をさけんだ者は丸く、自己の開花は必然と丸く、生き方の手本はいらない。手本にしつけられたら自由がない。あくせく一律にはならない。

女のかたちを一つにくくる、おだて上げられて一つにくくられるのは厭。このふてぶてしさが拠り所、意志のボリュウムが違うのさ。

解放された自由を得て「自立」に向かって当世風な意識感覚へとこぎ出した。

消費の美徳を解いて活気から始まる利潤追求。「いらっしゃいませ」方向の的を見つけピタッと来たら運を呼びこむ事も生きる実力。

安寿は客の視線のものをすかさず手に取って、ワンフェイスがおかめの面で滑稽にこれ努め、リバーシブルの裾をめくるとツーフェイスが覗いた。

「裏糸のほつれ目もなく良い品が即ち良心」

「斬新なデザインの洗練されたカット素敵ですよ」

掛け引きのうまさが定員のいのち。

視る眼の高い客は間髪をいれず、

「ダブルフェイス気にいったわ」。いただき手は本物を選り分けて「これいただきます」とはしゃぐようにお求めになった。

「あなたの本物思考ありがとう」

「生きるセンス買った気分よ」

「又お見立てよろしくね」

喜んでいただけるなんてこたえられない。

「商品選びまかせなさい」

客に商品を勧めましょう。たあいとタントンまかせなさい。ポンと胸を叩き百貨店の傘下でどう明るくかいくぐろうかと、販売プロの善意の正体はあり得て一つ客に快く銭をはじき出させる、サービスのここち良さにある。

赤や黄色と咲いた婦人服のお花畑は屈託のないお客さまの群れ、安寿は花を割って群れの中の一つを誘い出した。花と笑ったチャーミングなお客さまはどうやら一点のワンピースに関心を寄せた。

「趣きがあるわ」

「着てもよろしいかしら」という客に早速試着室に御案内して、着た所を素速く、

「サイズもぴったり胸高でおきれいです」

バラを染め抜いたワンピースに蝶々が止まった。売り場の感性はパッと華やか「吉」と開いた。

「これにするわ」「はいかしこまりました」

人間臭い取り引きの明るさをバラ色に染めてレジにサービスの札を詰めこむ。

安寿その時、さり気ないサービスに阿吽とこれ努め真摯な好みを届けるのが趣味なのです。

「売るコツ解るのピンと来る」

買う脈があるとみたら押しつけではなく客に上

手に選ばせるコツ。コツコツと骨のある店員は笑顔を花束にして客の心をよしなにほどいた。

「ここはかけ値なしのいい所」

「私は販売が好き売り上げへのファイトで営々オーと燃えてるの」

「女独り生きる明るいテーマはここで見つけた」

「清楚なサービスを渡す役目をしているのよ」

デパートガールの器にサービスを浮かべて「御免遊ばせ」とお先を越せば花に浮かれて経済うららか未来の私まかり通る。


デパートの舞台は客のふところを狙って待つ一定のリズムがあった。十時開店と同時にバーゲン会場を目がけて客が雪崩入る。婦人客がわんさと虚栄心をかなぐり捨てて群れ寄った。

我れ先にとすさまじい勢いで買物の口火を切っていた。待っている店員は客の真剣さに打たれてタジタジ。

「本物の中味をストックしたいってこりゃおかしい」

「物を拒否する豊かさがあってもいいのではないでしょうか」

並々ならぬ曲者はまっとうな事が変におかしい、客はブランドものを買いに来て虚栄心を無駄使うプライドの立見席。

人間を眺める好都合の場所で矛盾のいなずまが走る。物を拒否する豊かさなんて経済のじゃま、値うちは数字にありとハンターのようにエモノを狙う。「これは正しく困」

経済のとりこにならないと生きてはゆけない。

「売り上げ高、これだけよろしく」の不意打ちに不安という錨がおりた。

「プロたろ数字をこなせ」に感覚的な条件反射、売るこんたん、プロ魂の怒りがおりた。

「してのける」「やらかしてやる」

凛と一新、気合いを入れてシャキッと溶けた、けた違いのあばれ魂が、りりしく経済じかけは忙しく、トータルで見直すと売り上げ高を土性骨で颯爽とこなして一矢報いた。「今の所クリア」

宣伝販売の至上命令はより良い売り上げへの挑

戦。サイフのひもの堅い客はそっぽを向いた。

表面おかめ内面はんにゃの店員は、買わそうとするスピードでバナナの打たき売りの如く声を張り上げた。

「お値段こけた、今がチャンス、お買時よ」

無礼に通じる品の無さ、バーゲン売場は殺伐としていた。

「表面柔和な笑顔の嘘、販売の棘が視えるわ」

「生き上手とは言えないね」

お視透しの客にからかわれた。

からかいの重しぐらいではへこたれないが、

「ほめ上手には殺されない」と

冷やかしを楽しむ客にしめ殺された。

口説き上手も今日は休めの状態にある。

時には会話の魔術も通用しない。

売り場を視廻り歩く上司は、

「金の手ずるを逃がすな」と発破をかける。

その導火線は売らなければギロチンとひそむものが怖い。なまけ者のレッテルが貼られそう。

「プロだろ売れ」

数字中毒症の営業マンに尻を叩かれた。

「冷やかしを楽しむ客にしめ殺されてはおしまいだ」

「気長く待ってはおまんまの食いあげだ」

売って勝つのが正義で負けるは不正義。

性急な商品の切り売りが実相の一流もどき。

この図式、百貨店のやから達。

「売らなきゃタントン肩叩き」

「生き残れるのは売るが勝ち」

フォーマル、からす群団。紳士服、ダボハゼ。毛皮、ピラニア。一度食いついたら離さない、しつこいアプローチのプロ群団。

資本主義のもくろみは売れ売れの百叩き。

「売れ」の言葉を凍らしてイヤリングにして揺らしましょうか。目先の営利が先の乾いたリズムの百貨店空間は渋滞と塵が積もって、人と商品の谷間で沈静していた。

百貨店の上司とメーカーの営業マンに挟まれた派遣販売員は、両方の顔色を伺いながら萎縮した生は自分を守る為に気持がつながる事を拒否した。

金を招かなければギロチンと日給がいのちの日雇

労務者という浮草のおかしな分け前預かったのは釜ヶ崎から引きずっていたのか、マネキン、ジプシー、ボヘミアン何処迄も浮草。飢餓感のレッテルは貼りっぱなし、

　社員食堂では同じ釜の飯を食べながら同輩とのぼやきが始まった。

「プレッシャーのサンドイッチああおいし」

「売れ売れの百叩き耳にタコ」

「タコ焼きのソースは押し売りのソース」

「おみおつけにも押し売りのミソがたあんと入っているわ」

「もう食傷して来た」

「修身の教科書は通用しない」

「これが社会還元になるのかしら」

ぼやきの底がこげついた。

「なべなべ底が抜けたらかえりましょ」

ソレと売り場へ帰って又売り上げ高にいどむ。

「気持がひるむと売り上げ落ちる」

「気持ちが弾むと売り上げ上がる」

「どっちを取るか八卦良い残った」

「食べる為にはこれしかない」

儲けの作戦で売り場が作られ、売出しの都合で消える不透明な居場所で、

「世辞の羽目は建設的なのか」

乱責の手助けに貫いて経済に送り尽くすおかしな職能。

　宮家あとは経済の道にかようから低コストで引き出して「プリンスホテル」は、春日に澄んで好ましく宮家あとにある。

　皇室離脱で生活のほころびを呼び水にして皇族の土地を買いあさり「西部グループ」を引き当てた。因念仕立ての紋様を意識の底に置きながら、安寿は西武百貨店に勤務していた。密集した百貨店にこぼれんばかりの人々。

　売れ売れの物質的な花は裾風涼しく流し伏す。商品の美点のみを追求して売る事への一念に突貫して来た。休憩室で先代の銅像をぽわっとマヌけて視ていた。拝み取りのあからさまから何が生まれるか知れたもの、

「これではいけない」職の置き方。

資本主義の不毛の現場に平手打ち。

精神的な華、サービスの醍醐味は奥行きの深さで勝負。「まてよ」

能あるタカの哲学はいつもと違う。

「皇族は庶民を食べさせてはくれないが、企業は食べさせてくれる」

土地いただきのあこぎ、経済の学びも無駄ではない。桜のてっぺんで小鳥が鳥待月が来たと喜んで空に誇って勝ち鬨を上げていた。

「その勝ちどきいただき」

歩けばのほほん春一杯。

飄々とちっぽけで精神の実がならない。

理想をこぼして現実を風刺して来た。


紳士服売場で背広の上下が決まった。

ズボンの裾を直す時、

「シングルとダブルのどちらにしますか」

「シングルでお願いします」

「足の線がきれいに見えますのでモーニングカットにしましょう」。ズボンのポケットにイカリを降ろして待つ紳士客の想念その乾き。

「これからちょっとホテル迄直行」

「シングルブルーをダブルに染めに」

興味は本能へと直結していた。

「つけ根の本能はパイプカットにしましょう」

打ちのめされている事に馴れている免疫のせいか、どんな男を視てもドキが胸ともしないはずがちょっとした隙に、大陸的で楽天家を自称する芦屋出身の男性と袖すり合った。

「ものすご好きや早よ結婚しよな」にほだされて「一番煎じくれてやる」と進歩なくコケた。

一回こっきりで恋もどきの子を宿すとは、すぐはらむ体質がおぞましい。

結婚をかざした妥協の性はレイプされた感覚だった。いつまでも不潔感が残った。

魂の潔癖で性を明敏にせき止めなかった私が汚い。妥協でセックスし和姦ではらんだ故、相手のコピーは絶対にいらない。

妥協の性は和姦、愛のかわりにはならない。

書簡いのちの子は産みたかったが、和姦の子は産みたくない。

照応して凍てつく。

結婚を乞われても和姦の子は「ひわい」。ひねこびた憂いポンと放った。

食う切実の結婚は軽白文化、食べる為の和姦だから「約束なんかしませんよ」

二番煎じの曲折を一瞬あばく。

妊娠を思った矢先に産婦人科へと急いだ。麻酔がかけられた。「一、二、三」迄数えて意識が遠退いた。

真赤な血しぶきの関連か、この恐しさは一連のつながりとなって不気味な風景は広がった。乳母車の中の赤児が夕日を視てあどけなく笑った。夕日のなまめきにいのちを取り急ぎカラスの加勢で気は急ぐ。

「ギヤー」「カアー」狂った哀音。

空気のはぜる音を聴いた。

平凡な生活は隙だらけ、真赤な夕日が弾け飛んだ。一つの生命が血のゆあみをしていた。

カラスが一つついばんで逃げた。

内のそよぎもほんのいっとき。

カラカラカラ風車、お地蔵さまの肩で鳴る。小さな生命寂しくこぼれ哀しみの裏づけも知らぬげに広漠とした何処かに埋もれて知るすべもない。啾々と魂にしみる風が啼く。空に近く大木が伸び小さな白壁ブルーにまわる風車、独り風にくるくる狂う。

この狂い故に現実のあがきも醜さも忘却してしまう。さっと子供を処置、さっとアパートを処理、家が建てこんだ曳け渡った路地の横町を曲がって、のらくらにくらました。

罰を吹っ切る旅をして罪を視つめる旅をした、ほろ酔ってもどきの溝によろけてさ、輪廻に溺れてしまったの。子に逢うて子を殺し輪廻の深いまとわれ如の坩堝《るつぼ》に居た。

二番煎じは罪、気のひける二度目の罰。恋もどきにかかずったこの身のさもしさが透ける。結婚が羽根を生やして蝶々と飛んだ。男の心を空へと飛ばし、

「あっ、この和姦は卒業しなければ」と底からの

思い動き、逃げの蝶々が発止と飛んだ。ほんの少しかかわった虚無の隙の魔。ひりっとした思い何かがつのる。

道徳の封を開いて貞操帯を取り出した。過去の縮図は心の劍にからませて、大地にしっかりと貞潔の根をおろした。


愛の無い結婚は法的に合法でも不道徳。

「依存が当然の結婚がどれ程のものか」

紙一枚でオスとメスの部分を、

「今日から堂々とおやりなさい」

「何たって経済が掛かっている」

食べる本質をさらして当たり前に占領している。ひめごとにもかかわらず、はじらいを省略しているしたたかな生きずれ。

「結婚とは法律のわいせつ」

暇つぶしの活性思考桁はずれ。

ラブを合わせもった場合、おさえきれない行動の芽は神の前で神妙に結婚式をあげた後。

「ペカペカとだしぬけに現れたデコ」

「ペカペカいろに吊りこまれたボコ」

「デリケートで妙味な当てはめが何程のものか」

「とり決めが何だ」

「分を心得そのくせ神妙におやりになる」

「正式にどうぞ」がダントツにおかしい。

熟考のすえ得心したまこと妙味な文化。

販売をなりわいとする「マネキン」という分野に一役買った安寿。

デパートの舞台は何だって経済さ。

「あら、今日は大やす」

「何の大安売り」

大安《たいあん》を女バーゲンセールと早とちりした。

花嫁衣裳の隣に家具があり、家具の隣に仏壇がある。

「アーメンの花嫁さん」

「南無阿弥陀仏でお隠れですか」

「聖句の舌の根も乾かない内に子供の誕生」

「くるすで嫁取ってお宮参り」

そこからしたたかにスタートととらえた、神も仏も取り入れたこの実体は神妙の妙味。

御法度な一角

竹林の中に光を透《とお》してかかる明日を視ていた。

竹の子えぐい地底の世界を伝えるような小さなほこらに吸い寄せられた。

安寿のほこら心の穴に節目がコツンと当たった。

いつ節目が来ていつ節目が行ったやら。

安寿はほこらで夢を視ていた。

幻日と現実のまん中で、こっくりこっくりいねむりが降る、いねむりの夢は斜めに降る。

「影が無い」「どうしてないの」「夢のほとりだからよ」

子殺しをした後めたさが娼婦伝説の中に迷いこませていた。花町、鳩の町、からゆきさんは慈悲菩薩で子を産んだ。

娼婦が子を産んだ。

白痴の地点がうらやましい。

素人娘は子を殺した。

優生保護という美名の元で。

銀の笛ピュール・悲痛にさけぶよがり笛が聞こえる。

竹林の中を渡る風の音、見送る色はあわいみどり、もがり笛がさすって行く。

スパッと竹を斬る、斬新な美の切り口。

竹の精の素描きに美神が止まった。竹色に風色に空を割る。現実が視る間にすうっと引いて行く。

兆してすくった夢の中に居た。

ミルク色したしぼりたての朝、コケコッコオーでもやが吹っ飛び大地が一面に色めき立った。

菜の花畑のまん中で童《わらべ》の小袖が止まった。

春風が入ったのかしら、ちっぽけ小袖にふくらんだ。静の一輪、動の蝶。おしゃべりめしべを蝶が運ぶ。ほろ甘い縁結びを些細に立ちすくんで視ていた。

生命を吹き込むお遊びはめっちゃんこ楽しいと春を手招きして、菜の花の黄色いクッションに顔を埋めた。

「安心の中にいられるからこの空間が好き」

「生きることが好き」

辿々しく植えつけられた羞いを花影に保って、

ふと内に芽吹いたものを手折ってはらはらとこぼした。

頑なの蕾はまだ何も知らない。

「なんや春はええもんやわ」

「いとしゅうて、もったいのうて」

花びらを口に含んでほうやりと燃やした。

宵宮にレイプされた清女《すがしめ》の絵。

めるへんめいて艶っぽく天が落とした托鉢はじき、気鋒の鋭さを解いた僧坊に不意に処女をからめとられた。

「どうだ、わしの気鋒の鋭さを視たか」僧坊の極楽は処女の奈落。余りのショックにしゃんとした女の頭《おつむ》が狂ってしまった。じゃり道がお布団だったせいか、突き刺す痛みをしょいこんで涙の底へ流れた。伝えようのないこの哀しみはどう救ってくれるのでしょうか。

心の鍵は掛けたままで御座居ます。

魔術に打ちのめされた通り魔の汚点は、はずかしめの抜けた所、ふくふく笑いが転がり落ちて悦楽をむさぼる娼婦の魔性が引き出された。

赤線これ限りから始まったかくれ春。不夜城が禁止されても、しどけない放香へと連れて行く。童女の媚を切り話してまばゆい天へと昇華した娼婦遊子。「忘れられへんの遊びまひょ」

一房も二房も同じ事とケリを着けて、

「支度しとおすえ」

「あんさん上手どすな、お床の中の男がほんまの男や」

うすももにもれい出て、やんわりと畳みかけたお誘いの呪文はとことんポピュラー。

「ほんまに好きやからうち何でもあげますえ」

京なまりは風に乗ってはんなりと迫った。

快楽の床でその艶声は色香の趣きをそそった。

「好きどすのや」

椿の厚っぽさは白いたおやかな丘の陰に吸いこまれた。

「ほわっと優しい菩薩さまや」

一握ふとぶと根を詰めて己の性根を植えつけている男の本能を掬い取って、へそ下を釘づけにした変貌。手の舞い足の躍りは情痴へと連れて行く。

ますます欲望の罠にはまっているおとこはん。

「なんやいじらしゅうなって」

ほどけた帯を売色に染めて布団の海をなまめき泳がせた。「また来たんどす」

「たまらんようになって来ましたんや」

遊子を菩薩のように礼拝し訪ねて来る男、

「もうこばむ訳には参りません」

「天職故に導かれたので御座居ます」

この泉水に幾人も幾夜も足繁く交わせた。

「ほんまに思うてますのや」

「好きなんやでー結婚すると誓うてくれるか」

いっぺんや、にへんやない迫り方にほだされてその気になると「覚えてへんけどな」と軽くいなされた。

「約束したやないですか」

追っ駆けても無駄え「さいなら」と逃げてはる。

純な約束もナンセンス、愛という共通の手当てをはらりと落とされ落葉の完了。

そよとの別れが待っていた「さっぱりしたもんどす」


竹の中から生まれて少女から乙女に進化した遊子は、頭《おつむ》が火照ってからは道徳を選択しなかった。

地底の精神風土から離れて天へと目的を押し上げた。月面に浮いて天にはめられ月が近くなった。

「何処からか恩念が寄って来て、月に押し上げられた気がする」。今日は暗くて月が視えない。

「月のものが無い」

娼婦は、はらみ女《め》として切って落とされた。

生命を織るはた織りは一つの生命をまんまと呼びこんで、円い月をひっそりと守っていた。

遊子は何の疑いもなく子をはらみ母として咲こうと、小さな生命を紡ぐ魂の誇りがこぼれていた。

子宮は小宇宙、宇宙に月が満ちて欠けた。

「ひょうきん太郎の子供どす」

この世にみどり児を産み落とし、今日疲れを取って明日又生まれる神秘の肌を渡る。

一つ床、清澄な雫唯一甘えかかるように存在の深さを掬い取って、華やかななまめきをくみ尽くすように身を寄せた。スマイラックスの葉のように足をからみつかせて、へそ空向けて寝てばかり。

性のふてぶてしさに春は白けて鎮まった。

　性の軽さをさらりとまとい、にこにこ白痴月に澄み、月面に浮いて又祈りの結晶を抱き取っていた。

「滑稽次郎の子供どす」

　次々とこの世に生命を生産した。世間はあっ気にとられた。

「年ごかいな　又やや児を披露して」

「道徳余って困っているんやわ」

「優しい菩薩のお顔をして人を食ってはる」

　噂話にもめげず聖母マリアの標本の如く遊子は赤児に乳房を含ませていた。

「おっぱい出てますんやわ」

「はじらいものう丸みえあかしませいよ」

　反射した言葉にはじかれて「きれいなもんは見せるもんや」とつと美を翔び発たせた。

「あの子は誰の子」

「誰の子かて、みんなうちの子や」

　遊子は小さな微笑を受け取ってもうこれだけで何もいらない。どの子もこの子も拳を握り、この世にボクシングに来るみたい。生い立ちの寂しさも何のその跳ね返しの精神で腕白色、戦って強くなる。

　おかっぱ頭に天使の輪、心映えいきいきと天使の子。

「ええ子やわ」「あいらしいわ」

たあいと褒めたスキンシップ。

　ほめるというこの一点だけは狂っていない。

侘びを召し寂びを重ねて早や幾年。

　青木立うねり広がり小鳥は喜々とたわむれ、都大路に小童《こわらべ》引き連れて露上から露上へと露のように転がって行く。

　しどけない遊子の後から着いて行く童画。

「どこ行くのん」

「仕事行くんやあっちへ行きよし」

身体開いて何ぼのもん母親が消えた。

「ここは何処え、母ちゃん何処へ行ったんや」

「いいへんようになってしもうた」

めくばせ程の生命ぽかんとしていた。

誰もかまってはくれない。

「ヤーイヤーイ父無し子」

あざ笑い囃し立てる悪童達だけがかまってくれた。

「おなかすいた」素手のひもじさに吹き寄せられて、名もない花の一輪風に震えて白く光る。

聖徳太子のお札の為に人の上に人を乗せ、ひとときして子等の前に帰って来た。

嬉しさをギュウ詰めにして、母と子の絆は安堵によってたちどころ笑顔で結ばれた。

「おなかすいたやろ、すぐ支度するからな」

こじんまり畑に小雨の匂やかさをしっとりと土にしみこませて芽を吹く野菜の可愛く懐かしい。季節のたまものを摘み取る。

バラの花びらを天ぷらにした。

「これもいのちゅうもんがあるんや、拝んでお食べ」

もみじのお手々は合掌して「いただきます」と拝んで食べた。口の中で花びらがぱっと開いて花衣が舌に舞う。「かあちゃんおいしい」「いのちがおいしい」。にこっとした子等の、失っても失っても生まれるもの、母と子は一筋の生きがいを笑顔によってうるほしていた。

聖徳太子から福沢諭吉のお札の歩み。

ここ迄来て視えて来るもの。

外貨を稼いだ「からゆき」さんを日本の恥部と流布した福沢諭吉のお札。

人の上に人を創らずと説いたモラリストの平等の銭のおかしさ、由々しきは現実をきざみ淘汰して流れて行く。

いおりの侘びのたたずまい。庭に出て苔庭を打ち水で綾す習い性、木のひしゃくでこころゆく迄水をけたてる。ピンクの爪が瑞々しく濡れて、さくら貝が寄せて来た浪のあとさき、風がそっと来て優しさを一杯運んで来た。ひと雫掬うと光がつくるリズム、微笑の舟を悠々と曳いて浪の絵本に心をひさぐ。

春の渡し守は桜。

風景には目もくれないで花より団子。子等は生来の懐っこさで団子目当てにまかり通る。

花見客は純一にもみじの手を並べさせて我先に
とお恵みの翼を飛び発たせた。

「ほらお手々をお出し」

「母ちゃんもろうてもええか」

「くれはる言うてんのにえんりょのうもろうとき」

「ほな一つだけおおきに」

巻寿司をほおばった。

「おいしいおすえ。ありがたいことや」

笑いの忍返しも何のその春満開。

「もう食べたんか、ええさかいにもっとお食べ」

おいなりさん、ゆで卵を空っぽの明るさで誇らしげに受け取った。「またくれはりました」

「たあんとくれはって嬉しいな」

布施の心をいただいて子等はめ一杯今日を生ききる。

「桜が来るといつもこうえ」

「一休さんも私生児」

「後小松天皇に認知もされず追い払われた」

「一条の光なぜに刺す」逆の光しか当たらない。

逆光を笑いでペロリとたいらげて子等のやりとりは花びらの香り。

　てんてんてまりの手がそれて、丸山さんから清水さんへ狂った鬟影ちょっと見せてかやぶき屋根までお手まり弾んだ。何処から何処迄手がそれて赤いけだしにちょっと止まり、狂った恋をちょっと載せた。

「桜の精がしみこんだ芝生を枕に寝っころがって、あの遊子はんは身の上も身の下も冬なのにおつむはいつも春どすえ」

「明るいだけでもたいしたもんや」

「おつむてんてんはええなあ」

「セックス図星のお星さま、今日も買うてもらうんか、おきばりやっしゃ」

　からかいの手拍子はさり気なく真実を突いた。はらり桜のパッチワーク、花びらを敷き詰めて方向音痴の風まかせで、

「ええ人見つけて行きまひょか」

だらりの帯の京町屋につないだ。

「お早うさんどす」「おたの申します」

紅蓮の炎か陽炎か、白壁に影を躍らせだらりの

帯で小粋につないだ。

「女の花道、情念の舞い見せてもろうておおきに」

そこここに媚を延ばしてとりこになって古都古都歩く。

「仁和寺の御衣黄桜のみどりの花びらを視に行きましょう」

京都転々、下駄で古都古都お気に召し京のめるへんそぞろ遊ぶ。


遊子は罪の子、躾をしないと天使になれない。

優しいきらめきで摘まないと後でこっそりシッペを受ける。天真爛漫かと思ったら情緒不安定、媚び茶目をうっすら開けて、夕日の炎の澄んだ名残りを匂わせていた。

その肌はなめらかで、真正に男の本質を透視して旺盛な本能を掬い取った。

重なり合う肌の火照り、たまなるものとへこみのものと双方の身一つに和合。

「お礼行脚もよろしおすえ」

放姿《ほうし》の接点で遊子は又子をはらんで産んだ。

「ええ心根や。又やや児を産むんやもん」

「たいしたもんや。開いた口がふさがらへん」

「因果やなあ、何食べて生きてはるんやろう」

「ほんまに不思議どすえ」

「生きている事がミステリーなんや」

「気になりますんやわ」

同性の皮肉まじりやそねみも何のその。

「ものさしの違いやおへんか」

世間とのものさしの違い、遊子は別の宇宙を視ていた。確かめ合い一つになった遊子の秩序。

唯一、魂の浄化「産む」という強い意志力。

これだけはゆずれない「いのち」を掬う母性のふところの深さに迄連れて行く優しさ、お軽にふわっと生きているようでも本質の底をしっかりと視ていた。凛とした母子像の強さがそこには確かにあった。

ある日。

息つぎに一杯、やにわに二杯と酒を呑みほす酔客にいきなり突き飛ばされてしまった。

「何をするんや。あんまりや」

みどり児がすぽっと腕から抜けて大地に叩きつけられた。すごむような赤に叩きのめされてまっ蒼になった。打ち所が悪くこと切れたむくろ。

「やや児にすまんことをした」

「うちがいかんかったんや、堪忍え」

春婦はモラルを置き去りにした罪で復讐された。

「親の因果が子に報い」

「父無し子を産むのは罪え」

「罰が当たったのや」

女達のひそひそ話は的を得ていた。

モラルという復讐は春の底をのたくって冬の底にこけた。

「児をくれはって男はん、ほんまのこと言うて嬉しかったんよ」

遊子の純な生き方は生命の響きにだけあった。小さな生命の響きにだけはこだわる質。

「小さな生命を落としてしもうた」

「辛うて」とうつむく白痴女の秩序をだれも知らない。

「一房一押しもういりまへん」

肌の温もり余白に凍る。はっと目が覚めてあれ程燃え盛っていた肌の火照りがおさまった。盲従の糸を切って何も恨まず自らの行為を喪に服した。

遊子は女商売、空っぽで行き所なく小雨に楚々と洗われてドキッとする程哀れに濡れていた。母国風土のきめ細かい涙雨は止みそうもない。古き良き蛇目傘をくるくると廻して小雨を跳ね返していた。橋のまん中、子等を打ち連れて一列に打ち揃って墨絵のようにぼかされて消えた。

やん茶坊をあやす母性の澄明な眼。

怨みは零。

このことこそが男性に希有な迄にあがめられていた。ひれ伏したい程有難い弥勒菩薩像。

遊子は奈良中宮寺の弥勒菩薩に面影が似ていた。

「みどり児落としてダルマになった」

「へそ下凍えてダルマにされた」

「下半身隠れた菩薩さま」

「ちょっとの間あにいいへんようになってしもおた、何処へ行ったんかあんた知らんか」

「知らんなあ、どうしてはるんやろう」

「聖徳太子は亡き母の為に弥勒菩薩をつくらせた」

「秀快上人と同じに弥勒菩薩と線をつなげて、人知れずこっそり入定されたんかも知れんなあ」

「そんな気がしてなあ」

　空にすいすい極楽とんぼ、碧い天から初々しく駆け降りて縁側に止まった。

　やがて二つが一筋の糸で結ばれて飛んだ。

「きれいやなあ」うずく感性のつながり情熱に駆け昇り空の中に吸いこまれた。

「みどり児を殺してしもおた」

「弥陀の国へ行けるでしょうか」

「花いりまへんかー」

　古めかしいトーンのような声が千本格子に跳ね返り京町屋に流れた。

「幻を視たのでしょうか」

　古趣の彩りとびっきり染めて御法度な一角にいたろうか。夢だから御法度をひっくくって取りこんで遊んだ。

燃えの瀬戸際

とびっきりの夢を視た。

一点に集中して眼が止まった吸いこまれる。

日輪に値する器の深さになりきって美がしっくり来る。

夢はその青年をしなやかに連れて来た。

そこ退けと飄々と目の先きらりと通りゃんせ。

潮騒のうるむ頃。

腕のむき出しに目をこらした。

むき身の水々しさ、根っこの所でいい。

芽を吹いて溢れるものキラッと跳ねる。

とどろく先にたえまなく跳ねる。

若さにすくみ咄嗟につなごうと、来てみれば澄んだひと所を根っこにして、その青年は洗いぬいた簡略の真っ只中に居た。

「はつ夏いちばん海にウインクして来たんだ」

　背景紺碧の爛漫にくらみ転がった心はゆずりようもない。

　腕に色のこぼれる朽まない良さ、水際立つ。しぶきの牙、そっと追う。

抜き手を切ったクロールが眩しい。

おどけ雲が水面に笑い返すように写った。

「隆々と渦になれ」。冴えたまぶしさ、自由の只中にキラキラした色彩がある。晴々と今日をすきとおらせて若者のスケールは太陽を預かった。

生命の張りピンとはじいて未来に発つ青年。若さのけはいかすかに伝わる。

瑞々しさが飛んだ分、若い生命に呼び水をもらい波をかく。

脈はそこにありと心ゆくばかり、広々としゃむに視とれ、のめりこむような数分の意識。あさる。

さし当たりポケットにしまったスマートなゆとり、彼方にいる若者は活気をくれる。

「くれる」ものを受け取って視るものに「なごめ」の役に立つのは、さり気なく元気をくれる贈りもの。

それだけで充分。

夢路をころりとすべり出て忘れていた。


再生の息吹は桜の頃に来た。

ビルの底から意表を衝くように現れた。

桜のころは品よくかおり出た。

かおり色の空に舞い発つ青年。

上品に上手のこころで「桜の気」をおし花にして現実をはむ。

夢の青年が現れたのかと思った。

「磨き極まった凄みの一角が旬の要素」清潔な透明感が若さのありよう。すくっと立ち上って都会を取りこんでふくよかに、本物を納めたパイオニアのように未来に向かって出て行く。

スパッとした太陽がはじき出された。

お陽さまの含み笑いをエクボにして、こっちへ引きこむしんとした何か。

ここは出番とすくすく伸びた。

「こっちを向いて」

「若さの器すきとおっていて」

「それは誇れる勲章よ」

タイミングを図って淀みなくタッチ。

カメラのシャッターを押した。

素速く選び取って生へのヒントを写し出していた。ま新しい出会いの妙。明日に会えた。

停泊から発つ勢い、安寿の「ひそかなともり」内面から発つ。

モスグリーンのブレザーと白のパンツ。

「足の線のきれいなこと」「きまってる」

明るんだ光がお似合いの根っこの所のはじらいが、揺れてるのって生命の引きがねみたい。

少年に降りて木もれ陽を軽く握まえた受け止め方がお似合いの、しなやかな豹のようなものをかくしもってなかなかのもの。

「かちとる」という意志と「どう生きるか」という切実で興味に灼きつき、あり余る好意を告げたくてムズムズしている。

いきなり飛びこんで言っちゃえ。

「ねえ君、当たり前からはみ出してこっちを向いてごらん」。どんな顔するか面白いな、ハプニングを楽しまなきゃ。

「年幾つ」「二十三だよ」

すべすべの若さ見つけた　私三十路。

年上をひざまずかせる年下は天才、こんなにもたわいなく青年のとりこになってしまった。戸籍年齢何のその、絢爛若く生きたいと意志が先に来て容赦なく歩き出した。

停滞した考えの中に新しい息吹をくれたその人の名は息吹。

年上の女が乙女のようにあえかなく「はっ」と吸いこまれそうな息吹。

「この糧何としても欲しい」

素朴一途がたまらなくいい。

純の「元」美の「核」心の「根」によって。

性分にひき合ったバランスの妙。

純白の鮮烈ピタッと来た。

すぐれて伸びた青年の「貫き」をたどっていくと「ほどを知り、知ろうとする趣きのそのままがユニーク」。それを視ている私、気分がいい。

生粋に心が楽しい。

はにかんだ清潔をかたわらに明るく置いて、女の潔癖は戒律厳しい修道僧にも似た計り知れない趣きの二十三歳にほっと掬われていた。

「まっすぐのくせにはすかいに視ようとする、画一性でなく茫洋とした面白さを私にも分けて」

まともに切りこむと「ああいいよ」

いちはやく胸のすく実現。

こころ新しくわくわくものをつかんだ。

「若いつばめ子ちゃん寄っといで私の何かを変えとくれ」

こんな事を言ったら仰天して逃げるかしらと思ったら、正体ぽかんあきれ返って惹かれたのでしょうか。

「君でいいさ」あっさり一途で迷いがない。

からっと心を近くして、

「ごきげんコメディおよびだよ、君に乗った」とセンスで切返しクックッと笑ってこっくりしてんの。

息吹色したユーモアは気の利いて好位置。

はじめてもうれつにスカッと笑って安寿色に謳歌した。報いもおかしな御褒美をおしいただいて大笑い。

もっと生き生きしたいから、やみくもに消費した青春を取りかえすには今しかない。

心の拠り所、息吹がこの上なく受け合ってくれた。

あえかないものを吸いこんでくれる程の良い距離、青春をかこち合える場所をやっとみつけた。ふっくらと息ぬきを預かる幸せのありか、透徹した生命の始まり日は高く現実は実に明るい。

「二Bでさっと描き、六Bで叩きつけ、この絵にいのちを張るのが能なのさ」

つくりものは嫌いだと兆して一途に決然とロマンを仰いだ。

「燦々と晴れた青春をもって来るのが、おいらの役目さ」

「充実した魂が財産だと」誇りに占められた中味を察知、深味が引き立つ。

その深味にかしずいて登り坂を直視。

言葉のはずる隙間から煌々と冴えた息吹。つつましく埋もれそうな隠れ本物を見つけた。職は銭、銭は自立の現実を視極める確かな眼をもっていた。

「美術では食べていけないから経済学部へ出直し

さ」。きっかりした腺の男の充実。

出会った実景を拝み情味を進展させた。

「どの道男は辛いのかも知れない」

「何をやってもいい息吹一つ残ればいい」

「いっしょに生きよ」とじゃれてタッチ。

生一本に彼へとこぎつけた。

「すきっと生きよ」真心から派生した熱い兆し、一新した矢先に春がたちかえって若さが戻った。

求めこめた若さへの郷愁。

若さは香りたちひょっくりふくらむ。

一切がはつらつと延びる。

運の追い風に凛として発つ、つかみ取った生はなみなみと可能性の海へとむかう。

息吹の輝きを照り返し希望に位置して涼し。

「レンブラントの八方にらみの手法知っている」

「光の加減で右に行っても中央に立っても、左へ逃げても何処へ行ってもお視透し」

「この透視力でまとわり着いてくっついて、しっくいのように狙ってやる」

「吸血鬼がおよびだよ」

ぬっと間抜けた意志の量で言って退けた。

「男に尽くす吸いつくす、尽くし違いでにこっと生き切る」

善運に、にこついて明朗な思想を釣り上げた。

「安寿にとってはじめての、とっておきのお洒落なの」

安寿の気まぐれ風にあっ気に取られ、あやすように、視ていてくれる大きな器であるようです。

「とてつもなくのぼせることが青春なら、今でも意欲し燃える音きこえる」

そんな風にはしゃいでいると、ついでに年齢《よわい》まとわり着いて何だか三十路はくすぐられ、若さのおすそ分け妙ちきりんにちぐはぐ。

「注文して来てもらった自然光なんだ」

「のらくらに浴びて一生もん」

洒脱な奥行きでしなやかに流露して眩しくしなった。太陽さえも剽軽に切り取って、わんぐり食べた女の黄昏に、太陽のあたたかさで帳消しにしてくれたユーモアの術。

息吹のリードが光る。

年のしまった女は今この時にゆき当たる。

今日息吹を吹きかえし、加齢な景色に贈られたもの、ほとびされ雪崩こむ若さを吸引。

「注文して来てもらった活力ある一角なの」

甲高く口切ってめざましく発つ。

年がくいこんだ女のあとがえり、息吹を取りこんだ安寿の変身の根はそこにある。

「生きていればパノラマ」とさい先良く。

恋のパノラマに気を遠くして、会ってしまったから踵を返したくてももう引き返せない。陽の光にこんがり焼いてこげつきそうなおびえに似た好意を視ていた。


一気につばめが飛び出して来た。

息吹の原っぱで大の字、草いきれむんむん、地平線一本、あとは空っぽ。

「安寿岬で引き合って」

「空地で空如浮わの空」

空地息吹の進む意志の先は「旅は軽い」と感じる二十三歳の行脚。道化て楽しい軽い連想、陽を編みこみくつろぎを縫いこんで。

「惜しみない木もれ陽ただで歩いて丸儲け」

明るい空気をテクテク歩く。

「清潔な位置の二十三はいいな」

「旅は重い」と感じる無生安寿の発想。

「十九を翔んで二十五歳を抜けて」

「するり逃げる三十路が行っちゃう」

知るのが怖くて知ろうとしない「年の違い」は、たんぽぽみたいに飛ばして空えかえそう。

おどけたピエロの後の寂しさ。

まばたき程の瞬間あっ気らかんと時は流れ、青春ってすべり台みたいに速かった。

されざれとひび割れた余寒の限りなさ、三十路の海を銀色の波がはじく。

もうすぐ山は由来あふれ、夕日の赤を素朴に飾る。同じ風景を旅しても、心に置いた「軽い」「重い」の感じ方、ニュアンスの違いに吹かれた。

「時の啓示は誇りだろ」

「君のわんぐり食べた時間を僕がほっぽり出してやる」

宝石の言葉、息吹のあり方まいった。

「これからを生きる延長上で葉に残る露を掬い取ってやる」

簡明なおさまり所。

何だかおかしな本物に会えたって気がする。

きりっとまどかに昇華した心だて、「感じ方の違いこの辺でケリをつけよう」「望む所」同じ心で好一対。

「銀の露、朝風よんでころっと落ちた」

「すくって拾って又こぼれた」

お喋りころころ玉になる。何ともおかしなやりとり息吹の感性は、一連の絵となってこれからの風景がもったいない程ありがたい。

もったいない季節をさり気なく分け合って訪れた季節を惜しみなく生きて、よりのちはかたちなくいつくしむ。燃えの瀬戸際。

まんざらでもなく透明な時間をくゆらせていた。

燠火がふっふっ

抜群に垢抜けて都会的な趣きをかまわず拝借した美を盗む。

「ほのめいて」その日を得た。

「いとおしむ」

高層に浮いた明るさ通しの窓。

空中に住む息吹は天の窓から上々の陽がこぼれる光の粒子に身をまかせた。

都会の小景にまたがって絵を描いていた。

モロッコの輪郭をはめこんだ絵が唐突に横切った。くっきり持ちあげられたイメージの魔力に引かれて、さし出された絵にもぐりこんだ。

乾いた好奇心、ふとサフランの香りがした。

サハラ砂漠にサフランの黄色の粉の砂丘がうつりあう。静止画からじりじり炎暑で発火。サハラの粒子その量に眩惑された。

「サハラにサフラン」が溶けて、しじまに向けて発つ。香りの自我を消して吸いこまれ一体化した。

えんえんと砂漠の「画」にかかわって「我」を

鑑賞した。ざらざらと吹き上げた粒子。

いずれ求め、いずれねじ切る。

ほとんど対等に同じ空気を体現した感覚で、

「極西のモロッコ」を所有した。

まのあたりのモロッコ。

熱く乾ききった安寿の感覚において似ている私に属した感覚地帯。

くるぶしのアンクレットが焼きつき、燃える風紋の津波が刺した。

「画にかかわる我の統一」

容赦ない砂漠の熱風をわかち「また来る」とこめて応じた。

「あの風景を置いて来た」

はぎれの良い声を遠のかせた。

芸術を渇望して熯火が、ふっふっ心中でわいている息吹を感じた。

絵のひとかたまりを列挙して並べた。

とりあえずしかけた気炎の飛沫。

「裸婦」人体美の勝利、視姦した。

男ならそうくる、いい線いっている。

「年輪」を誇る松が風が苦にならないと震えを飾る。

新しがりの先立つ光に美、乱反射。

斬新さをたどりなぞった。

「壁流」簡素な青と多岐のしぶき、どろりと波は丹念にうねる。

海　を切りとった絵は、魂で見ぬいてきらめいて進化した。

「動いた」

根底の情感をからくもとらえたニュー神秘。

「おもしれえ」

風雅に富んで典雅に通じる。美の概念を際だたせていた。


喫茶店の入り口の扉が開いて、息吹の足元が延びて来た。

シャンデリアの照明がほの白く近く近く歩いて来た。珈琲の銀色のさじに銀の指紋が光った。

男の中でもその又大きなせいたかさん百八十三センチ。女の中でもその又小さなちいさこちゃん百五十センチ。百五十センチが百八十三センチを引っぱって喫茶店を出ると「月とスッポン」後指指され組。

お膳立ての人生は性に合わない。

のっぽりとちいさこ。

しょしょしょ、増じょう寺のお月さまに、もしもし亀よカメさんは小悪魔囃子に浮かれてさ。月とスッポンとり違え。

「安寿がお月さまで息吹がスッポン」

「ほらおいでをしている少年がいるよ」

「若いつばめと、さてものどかに参ろうか」

「お空へ遊びに行くように、すくすくとせいたかさん何故高いのもっと低く」

「背伸びしても届かないラブの押し売り、はしごがいるわ」

「アルプスのようにせいたかさん」

「希望に伸びてアルプスのぼる」

「アルプス登ってキスするの」

浅黒く焼けたうなじの清潔さ、しみこむ程に近く感じた。

「透明な月はのっぽ殿」

「もしもし亀はチビでござった」

「モナ・リザが来ればモナ・リザがいいと右習えの行列、単一族のシンプルさファッショナブルだね」

「揃いのなりしてまん中通った民族の祭りは道化に似ている」

洒楽な息吹に尽きぬ興味を転がしていた。

素描をピンクの爪でかきむしった。

「こっちを向いてくれたからもういいの」

息吹のひたむきな生に止めを刺した。

「まっすぐ視つめるのが怖い」

「愛しがえしは出来ない」

澄明な生に刺すように視つめられた。

今にして思う。

あんがいな柔らかさで能面めいておぼろな

「淡白な生身《なまみ》がもうけもの」

理にかなった私の分。めざめの上の女ながらの本性。神妙の妙味はプラトニックな骨子から成り立っている。かぐわしさを内にしまって、私らしさのあり方にかかわった主体性のたまもの。

「プラトニックが私流」

「これが私流なのよ」かかるアピールに、

「生きざまのたくみは解るけど、それって何か洗練されているようでどこかおかしい」

「私流は自己流なんだ」

「さり気ない洗練は私流とは吠えない」

「格好良さだけの空疎な人間性だ」

「共鳴出来ないね」

浄化の息吹は皮肉、内にのびた哀しみを知られることを嫌った私流が凍りついた。

昨日迄、運の勢いで晴れやかに昇った会話が幾ひらもこぼれた。

「シニカルな棘を引っこめたまえ」

「特殊に引きずる影、君の人間性はむつかしい」

「君をそらんじれば、そらんじる程感覚的だ」

「表面明るすぎる分だけ内面哀傷ふけ染めるって感じだね、痛々しくって視ておれない」

わずらわしい掛りの中で、いつも新しく本物を視つめている彼の眼に出会った。

「ヌーボーと人生をお手玉にしているといつか自分にシッペが来るよ」

「みえすいたお世辞は嫌いだから言っておく」

「苦労は女はしみになる。女腐《くた》しにならないように」

息吹の言葉に安寿は憎まれパンチで切り返した。

「男は渋味になる。渋ガキは干さないとね」

言葉の接穂もなく「ふうっ」と遠くを視る息吹。心のまわりに旋風が吹く。

誰が火をつけた私の心に、いつにないはじらいと思いにこもってききわけのない炎がめくるめきのぼる。

心と性の二つの戦いは生命の確かさのように揺れている。揺れて転んだら自分に還る。

生きている哀しさにほかなりません。

きっぱりと彼の中に入って行こうとしたけれど元に戻れない。別れの喜劇を知っているから一筋をやめた。まっすぐな心が転んじゃった。

「何故逃げる」一喝どぎも桜の乱舞。

「いつだって君から始まって進む」

「私が見染めて私が惚れたの。そこからしか始まらない」

「君は逃亡者か」

「空想の地図はいったい何処へ広げるんだ」

「逃げるんじゃないの」

享楽に巻きこまれた過去が邪魔するの、遊び好きの種蒔きに振り散らされて子殺しのショックで捩れてしまった。

はじめがかんじんなんだわ、生は魔法、産み落とすから魔法なのにもう私は魔法にはなれない。

咲かない身体、枯れすすき。

とんだお笑いだわ、自嘲して呟いていた。

過去の男と女の種々は風化されているはずなのに、時間の治癒を待ったのに、凍った性はそのまま。

子殺しという事実は生きるショックとなって性格の一生をしるしていた。

ぎらつく太陽の反射でのっぽのビルに立ちくらみ、都会のスケッチぼやけます。

ゴッホの絵のように紺碧の空に太陽がひまわり、激しい黄色によろけた。

「別れっこね」「別れっこなしよ」

はらはらとうつらに迷う。

「選んで独りをしっかり歩いてお帰り」

あわい帰り風にはっと憑かれてすくむように振り返った。彼の肩を落として踵を返した背が、去った後に桜吹雪。

たおやかに散り敷き充ちた桜道を冷んやり歩いた。

名残りひとひら身を引く古風な淡彩の絵のよう。

「デッサンはさっぱりがいい」

「この太い線はいらない視界が狭くなるからね」

批判めいた声には憶えがあった。

的外れだと思うけれどやっぱりそうではなかったろうかと、声にほうやりと引きこまれた。

刹那の生を巻き上げて閃光のように消した愛。

胸底の湖は一夜にして寒暖の差で、収縮音と膨張音と共に厚氷が押し上げられて氷結、御神渡りが出来た。

おのこの神が秘めやかに降りて来ました。

湖の女は羞いに震えながら、いとおしく触れるとしくしく泣くように崩れ折れ、それはもう白く美しいので御座居ます。

風景の貌、表面はとがった珍奇な現象、その下は満々とたたえた湖。宴々に狂おしく燃えるような恋に落ちても珍奇満々は結ばれないので御座居ます。

「寂しくないか」と彼。

「私には寂しさという辞書はない」

心の地図の青春回廊と氷の地図の御神渡り回廊の接点で「強いね」たえまない響き合いの中に吸いこまれていた。

氷の亀裂の先で天を支える柱を伝って、かりそめのロマン、氷のいのちは太陽の強さでさっと消えた。春というのに評点下の世界を視ていた。時に切られても「いのち」つないで眩しさ残った。

感じ方の清潔さをそっと置いた好意の懐かしさ、幸せの和みを残して一杯に占めて抜けて行くプラトニック息吹。

大切なものはそっとしておこう。

触れると壊れてしまうから。

八法にらみで。

燃えの瀬戸際でとどまったのは、貞潔な根おろしをしたゆえ。

乙なもの。

六法踏んで。

まっぴら御免の脱性は
味なもの。

ほっそりと去る心を置いて来た思い出の推積。

乙《おっ》とっと味なもの。

あるかなき懐かしさを摺りぬけた。

魂のアフリカ

「お独りですか」同じパターンの風が落ちて、

「はい独り雛です、独り雛である事を誇りに思っています」。紫折戸がバターンと鳴った埋もれ村。

「食は自分の器で食べる」。

この言葉を存在の核として自立一筋通り抜け、まつげのような梢を縫って笑っているのにしくしく静か。一時帰郷して片袖が置き忘れたような辺土の家、祖母ゆずりの視るも哀れなあばら家を増改築した。「女三界に家あり」

少女の頃から食べ抜けて来た自負。女雛の誇りは確かに生まれた。

小さな成就のみにおいて生きられる女の強さ、遠くまで小路が明るく視透かされて日脚が新しい紫折戸からすけた、高台の先に父が停年後に建てた家がある。

両親と安寿は離れて暮らしている。

消し去るいのち何ぼのもの。「子殺し」の一件が一緒に住めない理由。いのちをみくびった。

後から来るものじゅんぐりを先に逝かせた。

真実をひょっと引っぱり、ぱったり倒した。

産みたかった生命、あの局面で誰も助けてくれなかった欠落感。ひりひりくいこむ哀しみを仮借なく背負って、寥々として秋冷の虚ろをうろうろしていた。大切な時間が消えた。

「あの日の前を取りかえしたい」

後ざまを追った。

「あの日の前はもう無いのに」

静かにこぼれた放心。

「あの日の前をかえして」

終った事はもう選び取れない。葛藤した年月は癒しとはならず怨みとして残った。

ゆきてかえらぬ「いのち」。すんだこととは静かに置けない。いのちあってはなおもい、心のたしにと慈悲がおすすみ。時を追って悩みを戻すと慈悲いっさいがのちのこと。茫々と吠える何が怒りの概念か知ろうともしない。

「すうっと冷めて切ない」心がこわれてしまいそ

う。

茫々と吠える魂のアフリカ黒い宇宙。

後遺症の星々はいたる所に現れた。

はらむも産むも獣じみて卑しさ故に不意にした。図太く見下げた相っこのわざくれ、ベビー堕ろし貼り着いた絵、絵筆をとらえた一つの実は、永遠に落ちない。

愛の離脱と結婚への逃亡、軽い本質の逃避と重い本質の凝視を同時に呑んで矛盾が彫像となった変装、誰も私を知らない。

清濁合わせもった精神のてりかげりを視ていた。

旅は足まめに行く。豆が膨らんで足の裏に風景が一杯詰まっている。春風《しゅんぷう》に吹かれて、もも色海に織りあかした花びらは近くのお濠をももいろ海にたゆとわせた。白鷺城、白いパノラマと向き合った。

新しい雲に城が突き出し横広がりに白く散った。姫路の歴史の中に千姫が居た。時を越えて出雲のお菊も行った。衣笠、則織、鉄山と男の肌を渡り歩く娼婦の浪枕。雲行きは紅蘇芳の皿紛失、恋の鞘当てか「無礼千万」と斬りつける、武士の習わしにはめられた。行掛かりのあわただしい運命になぶられて、お菊井戸へと生命が運ばれた。お菊は口紅をつけて後手に縛られ井戸に吊り下げられていた。お菊の怨念を追求せずにはおかないように一枚二枚三枚と皿を数えているいにしえの女の苦痛が聴こえる。霊の意図か不思議なつな渡りをしてここ迄来た。

出雲のお菊と、今現代の女、石見の安寿が鉢合わせをした。真赤な衣をひるがえし陽炎を受けた、凄まじい形相の念仏人形が胸のどまん中に坐りこんでいた。

「男の虫の居所に振り廻されてはたまらない」

共通の感応力で心の襞影、怨みその哀しみと谺し合った。怨みを封印しても桜の木は怨念の根を生やして精一杯桜の花びらを吹き寄せて来た。お菊の喧しい狂言を置き土産に忍の歴史は現実の先へ先へとスリルの延長、何処までもまわる。

パラソルをくるくる廻した。太陽がパラソルに集まる。一瞬陽春のまぶしさにめまいした。

どうして触るんだろうこの揺らめきは、ある一点に引きがねを引いた。こめた思いを射る。

「生まれる生命に哲しんと後で悔いが残る」

安寿の視点はどうしてもそこへ行く。

優生保護、優しそうでむごい法の当たり前、世間に溶けて社会に受け入れられた掟は、未婚のはらみ女を弾き飛ばした。

頭の中はまっ白、遠去かった過去は漂白されたような空白の痛みを引いていた。

掟を壊して秩序を滅ぼしてあの時何処。書簡いのちの子を、産まなかったのか性こりもないこだわり。余白に狂った一つの絵。

安寿の子殺しは現実、逃げようもない運。

はすかいな思想はみどり児を殺した。

それだけは明瞭。

悔いを行きつ戻りつ満開の花をあきずに眺めて、狂いと正気の隙間に花になり蝶になり、空《くう》を飛んで酸めていた。

たまゆらな光にも若い生命の「赤い実をついばんだ」狂女が居る。

「お骨のかけらを食べました」

「いい供養をしましたね」

喧騒の雀がからかいさえずった。

高箒木をもって群れを払った。

道化の胸に執拗にこみ上がって来た鋭いうずき、幻日と現実の分け目に突然いな光が裂いた。

幻覚のエネルギーは雷の光を伝って降りて来た。春雷の光巡遊し一途に追うとかたわらの桜、際果てもなく蒼白い。

とらわれて歩を鳴らし春雷をひと目でまたぐ。

桜の枝に落雷が引火した。花びらが炎となって舞い孤高の空に映えて金の粉が垂直思考始めた。宝石が天に昇る。

「震える程欲しかった溢れる程の自由と空間を、今握み取った気持」。呟きの焦点を集めて地を握み取った気持で天まで語る。銀色の光に混じってにっこりとより良くはずませた桜、今日は何とまあ幻想と仲良く吹雪いている。娼婦が子を産んだ。

「児をくれはって男はん、ほんまのことというて嬉しかったんよ」。反射した言葉に翔び発つ優しさその語り口は神話。

白精に魂を巻きつけて、丹精に想いを育てる赤精の慈悲が置かれていた。

産む性の慈悲は菩薩。

素人娘は子を殺した。「安寿の母性浅ましや」。ひょっこり現れてのほほんと消える母性のたわいなさ、魔物母性の薄氷《うすらい》を割る。

男は白精、女は赤精、淫楽の液から肉のかたまりとなり、むさ臭い通路から生まれる人体の不浄。男女の乱に躍らされ「不浄観の行《ぎょう》」をしてしまった。子を殺した乱のひと役は神話崩しの確たるもの。しめつける哀しみに癒しようもなく寒い。

娼婦と素人娘と母性のありか、どちらが神々しいか、優しさこの一点に取り残されてしまった。うつろいうつる風の微笑、めだたずこっそり何かはじらう。心の穴に風が通ります。

不意にほろほろ空っぽです。

神話崩しの時が流れた。播州平野は女の気脈を核として、白鷺城を背に姫山と鷺山が一つ時溶けた。雲を散らし空を透かし、しみ透る明るさの白鷺城《はくろじょう》、心底感動に染められて美しい。この美しさ故にもったいないから生きてみよう。

「美一ついただき」

「これからを凌ぐ器をいただきます」

咄嗟のひらめきで、生きるやりくりの的を絞った。

「怨みの根をバネにして明日生きるエネルギーに変えること」

真理が羽根を広げて羽ずるように、白鷺の舞いに確かなものを満喫したような洗いたての風を感じた。

三十路でエイヤッと家建てた。

安寿の進歩は利割のざわつきでウカと抜けて進歩ではなかった。

増改築した家、安寿のお金をせしめて母の名義にした。女三界に家あり、女雛の誇りは打ち砕かれた全ぷくの信頼を寄せていた。

母という聖女伝説を信じたかったのに。

「お母さんというオブラートをはいだら女が視え
てきた。良く視るとこの女スゲエーが視えてきた」
幼少の頃、背中にやいとをすえられた。
広辞苑によると、いたいけな子に押さえつけて
キュウをすえるのは虐待とのこと。
背中も胸も傷のあと。
母の日。「ちょうだいかちょうだいか、花の一本
もくれんのか」は、ないもんだ。

意志が剪定

書簡いのちの子は産みたかったが、不承に取り
ついた殺しの触手。

世間体、それのみ進んでいる骨肉の情に唖然。

「未婚は醜態」。批判する手合いの「堕胎」をこす
からしく正当化して「いさめ」を越えた母娘のも
ろい威信。

「そこ、のきたまえ」と、罪おろしになぶる「法
の美風」に翻弄されてこぼれた。

産む希望を封じこめた消去策。

つんけんとけとばされて、すとんと落ちて覚つ
かない。

「いのちの不平等」

「生のまともが犯された」

授かったものを受け止めなかった。

「生まれる生命は慈悲が守る」

「慈悲にゆっくり守られて、子は産まれるもの」

「母性が守らなければ誰が守る」

捨て身でいのちを守らなかった責念の跡、呵責

の磁力が拘泥した地点へ、ひとつながりに集め狂惑を呈して厄介。

無生《むしょう》という生におちょくられ、私は生きてない。

因念の心の古傷は視る眼の伏線になって、中核に澱となって沈んでいる。


和姦の子は産みたくない。

ほうけた　ツケ　ギロチン。

ほうけたのは男で、ツケをしょったのは女。

蒼ざめた蕾ギロチン。

いけにえはみどり児。

慈悲でつなぐ視点はなく、男捨ての為に優生保護を利用して堕胎した。

「いのちを払った」生易しくない異質の精神。

「みそぎは済んだ」と心はもぬけのから。

慈悲を見詰める為のお集《つど》いなら菩薩を引き当てられたのに「ためされた」蒼天の冷えを突き逆襲の振子が鳴る。

中絶の後遺症、生易しくない。

どろどろとした血の汚濁に
「なぶられた」

どんでん返しの逆転。

「報復しかり」

「しっぺも止むない」


書簡いのちの子は産みたかった。

善をてらい法律の眼が「針」のよう。

異質の倒錯、法ごかしに辟易。

和姦の子は産みたくない。

悪をてらい法律の眼が「保護」のよう。

開放された法の本筋の完結。

針と保護。

おいそれと合致しない矛盾した二つの共存。

共存を罪ほろぼしの手段化として、かえって業を感じる。

精神の屈折をきざみ魂を伝って狂わすそっ気ない人間観は、あの日の遠因に由来している。

ロマンに水をさし、エロスに水をさしたのは焼きついた確執が堰を切り、結婚しない消去法の一つとなって、とことん突き詰め、詰めを進めた。

「独りがいいと」

「フリーが好き」

「依存を跳ねかえして」

「どこともつながらず」

「ほどこうよ」

一つ身をかつがつ生きて独りをまかなう。

「それでも果報」と意志が剪定した。

「結婚らちもない」食べる方策ご破算。

「もの欲しくない」

「踏みこまない」

蛇かと一見したら他愛ない紐、するするとたぐり寄せ身一つ通す通し糸。

「これこそ私のもの」

「本来の私、楽」

ロマンと覚しき所、未成熟な時のまま。

「期待してない」

「求めない」

「必要としない」

エロスと位置する所、調教されない形のまま。

「君臨させない」


「頓着しない」

「受けつけない」

抑制された根底の核。

布石さながら源流からの意志。

「窮屈な流儀」は、矢継ぎ早やに浸食した。

売り急ぎ「一緒にされてはかなわない」

しきたりをとっぱらった挙げ句、目論みの無い潔さ。

「結婚、否、独一」

「未婚、即、承知」

揺らぎ無し、端然と自由人。

「私のものを見つけた」

胸の奥の渓谷に意志の海は沈まない。

深く交差してこだまが残った意志の面目。

遠流からの揺らぎにケリをつけた。

「忍の歴史グッバイ」

秩序のファイル

まっさかりの時のいちじんの風に、思いなしか小首をかしげて新しっぽくポーズした。

そのポーズとは結婚秩序のファイルに首をかしげた。

所有を正視してすえつけた。

「インスタントな定着」

奉仕を直視してしつらえた。

「ソロバン合わせの必定」

しばり合うロープを絵解きした。

「身体あげます。食べさせていただきます」

報酬を公然と受ける結婚ざまの節度はつつがなく秘術へと移行して、いちおう法の筋を通してしぶとい。

与えられることに馴れきって「男は食うもの」

本能をさんさんとふりかけにして「おいし」と食べる。

「べったりひっついた結婚崇拝は先の先の安心料」

「ままになる金子《きんす》の女のビジネス」

裕福きどりで一直線に通用する現存する事実。

食べる術の居心地を詮索するともたらすものは

たかだか「夫をお世話する役どころ」

独自のマセ方で女のお片付けを面白がった。

「おかしやのう」

「人のめし」いのちとしたありようをわっさりと切る。

もたれる体は今日びはやらない。

即妙の切り上げ時、開運ほしさの才《さい》一つ。

未来という遠出に同行相手は求めない。

結婚をカットして代わりに芽が出た独立心の自負。

安寿の眼界にもたらされた置く運、溌剌と力いれて「貯めてけつかる」

御運に「たまげた」自立という目先のテーマは上出来。

竹生垣の青、つんと気取って空にのびた。

すんなりと青さが匂っていた。

全くとらわれない自由をこうむり、さて一介の娼婦と出会った。

「身体貸します。報酬いただきます」モノと豹変した身体のレンタル。

「いつものこと。どうってことはない」とほくそえむ。

純粋感覚を殺し醒めた人生辺路にとじこめられてしまった。

「おめかしの雪が今日を嬉しくつぶしてくれる」

男は笑いにくだけた。

期待の逢瀬にうめこめられた時間にまくれる。

「娼婦」

軽さの加減で報酬をいただく。

本能欲しさは勘ぐるに非ず。

「結婚」

報酬否定のようで結局金満のいろにつるむ。

「おねだりの肯定」

ラブの純粋秩序は根拠たらず。

二分した距離に見えて土台の基点は報酬の増幅、猶予なく落ちた。

「いただく主義は」第一に一致する結婚とぴったり相似して娼婦と近似的。

征服を基調とした比例。

男は「食べさせる」という気良しの持ち味で引き受け、女は「食べさせてもらう」と、めっけもののスポットにはまりこむ。

「男が女を食べさせるのなら」

逆に抜きとって

「女が男を食べさせることは」

あってもいいの隣り合わせ。

平等を基調とした比喩。

男と対等というのなら「食べさせて」と責めたてないで自活《かつ》の底力あって進む対等の役割。

女の器で「食べる」は道理。

同等のテーマは寛容のバランスへともって行き可能の鞘におさめて了解。

結婚の檻の中。

女は産む道具、子を産むことが生きる場所からとんずらかった。

おニューな私の登場。

遊びこぼれる

あっちから来る世紀子が右にそっぽを向いた。

こっちから行く安寿が左にそっぽを向いた。そっぽのまん中で鉢合わせ。

「ぽかぽか陽ざしが肩を打たくからあっちから来たの」

超高層のビルの谷間を好みでさかのぼる。

「ぽかぽか溢れる悪戯をもってこっちから来たの」

呼び寄せられた必然の妙。

「何処へお出かけ」

「生きるセンス買いに行くの、自由を買いに行きますから売って下さい」

あらら脳天気。

「自由を全うするつもりで時間に遊ばれていた」

という世紀子。

「自立を全うするつもりで経済に遊ばれていた」

という安寿。

自分を写し合っている鏡のように、感性が似ていて気を良くして写り合う。

漆黒の芯に白一点。

「年を吸ったあかしが珍妙だ」と、さわりあることを言い切った世紀子。

「珍妙だなんて異存」と安寿。

一条の光をおぐしにさして加齢をカヴァー。

「まだ青春よ」と春を拾い集めた。

年がしみこんだ加齢の坂でやらずの雨。

「しっとりよ」ととってつけた。

みずみずしさの見返りの術はたかが知れている。

勝気が何故か「どうぞ」と道をゆずり合ったのは出会いの妙っていうのかしら。

ビル風の突風に髪が散った。

かつらが路上に転がった。かつらを拾い上げて安寿が相手を視上げると、世紀子の頭はすがすがしい丸坊主だった。

「アラ」「マアー」空《うつ》けたように居残って尚も視入る。驚きの延長上で好奇心に吊りこまれた。独自を腹に含んだ丸坊主のさり気なさでニカッと笑った世紀子。

「立ち話も何だから遊びにいらっしゃい」

「ええ遊びに伺うわ」阿吽の訝。

どんな風が吹いたのか知りたい。遊びにの誘いに乗って安寿は千葉県市川市の真間川のほとりのアパートを訪ねた。六畳二間の部屋に台所、奥の間に黒塗りの仏壇があった。

手前の部屋には壁に添って大きなガラスケースが置かれてあり、その中に木彫作品が展示されていた。

「亡き夫の作品なの」

「少年のような夫でした」

「視る眼をもっと近くに寄せて、ほら木彫が語りかけて来るでしょう」

不動牛王、闘魂、萌芽、女心等のどかそれより大どかな作品がずっしり重く燃えたぎっていた。木彫と丸み合って、すっぽりのめって、視とれた当たり陽なたに溶けた。

「これは朽ちた木で単細胞アメーバを彫ったの」

「野原を駆けって、ころんと転がった木の根っこを掘り起こして創ったものよ」

ふくいくたる匂いに誘われて裾野から渓谷あたりを歩いていた。岩の狭間のせせらぎに大木がしっぽりと濡れて木の年輪がくっきりと浮き上がっていた。

「流浪の木片にだって生命があるんだ、私を生かしてください」木の精の囁きに
「木はまさに生きている生かしめてやりたい」

木彫家は木片をアトリエにもって帰った。

斧とノミが媒体となって腐れ木に生命を吹きこむ。

「僕の生命をゆずってやるから君は生きてくれ」

木と対話しながら木彫家の魂は不滅な子を産ましめんと一心に作品を彫る。木片は製作の心を知ってか、生まれいずる苦しみから解き放たれて楽になってゆく、ぶこつな手に運命を委ね従順になる。

犬、猫、牛、馬、蛙と次々と温かく生かされていく。生命を産み出すその背は祈りにも似て優しい。ただ一心に一つのものを貫く生き方のリズムが爽快。人が創ったものに人がこもる魂がこもっている。

「良い作品は手元から離したくない」と木彫にくるまっていた。この思いが生活を苦しくさせていた。

世紀子は百貨店で働いた。

「私が働きますからあなたは良い仕事をしてください」

この言葉が負い目になっていたとは。

「気がつかなかった靴底に穴か開いていたのを」

「穴開きの靴これが夫の遺品でした」

世紀子は仏壇の前に坐って鈴を鳴らした。

哀しみをけ散らして久遠の音を響かせて、宇宙に出て逝った魂を無垢に追い求めていた。

彼女の背中がまあるい。

「栃木っ子だったの」「夫は名誉市民よ」

「彼には奥さまが居た、私が盗って駆け落ちして来たの」

激しいロマンのかたちをマリアさまの顔で言ってのけた。

「私は夫を殺しました」突然の言葉の刺激に一突きえぐられた。

「肝硬変だというのに木くずの香りを漂わせて」

「仕事を止めてと、目を三角にして叱っても急ぐ生命は止めようもなかった」

魅せられた仕事にのめりこんで自分の世界にこもっていた。こんなに近くにいるのに製作のロマンを広げて遠い所を視ていた。男が独り住む世界に女は嫉妬という炎の銃口を向けた。

「木が生気を取りに来た、腐れ木にエネルギーを吸い盗られ体力をすりへらしている」

「木片にあなたを盗られるのは厭」

「何故そんなに生き急ぐの黙って視ているのは辛い」

畳みかける世紀子に「解ってくれよ」

「この仕事をやれるのは僕しかいない」

「この仕事をやらせてくれるのが君の優しさだよ」

激しくものに憑かれたように木の中に意志を走らせていた。己《おのれ》の性根を彫刻に植えつけて自分を殺して作品を生かす。

「あなたは強い」

男の本質を静かさの裏で火を詰めて視ていた。

「好きな仕事だけをして自分の為に生きてください」

夫の切ないまでのロマン。

芸術家の業に負けてしまった。

優しさの残酷。この優しさはあなたを殺す。

どうすれば良かったのか。

「時間が無い急がなくては」

本物に意図惹かれ木彫家は選んで仕事をしていた。朽ちた木を生かして牛の真正面を裸婦のようにすっきりと斬り落としていた。

人間になりたいと伸びをしているその作品は自己となって上に向かって伸びようとしていた。

「美神に近づく伸び支度きこえる」

木の肌ざわりと一体になり自らを知って凝縮した生命を注ぎこんでいた。

「この裸婦は私ね」

「自分にこもって私はいつも置いてきぼり」

「あなたは私を視ているのではなく、木片ばかり視ていると嫉妬していたけれど世紀子をしっかり視ていてくれたのね」

必然と聞く美の感動に打てば響き、何とまあ爽やかな美の未知に尽くされて、綺麗な生命を与えられた。純な驚きに目が覚めて夫への理解は優しい。

「世紀子はこの頃優しくなったね」。夫がしみじみと言った。まるくのみ生きていることに専念している世紀子に晴れやかな誇りがのぼって来た。

ある日夫は暑苦しさを脱ぎ棄て、単細胞アメーバーを創った。近く無になる事を知っていたかのように、一筋なわではいかないものを捩じ伏せて立命にした時生命が翔んだ。

少年は化石した。

残された動物の彫刻は少年の化身なのか。木彫家は夢のステージで独り極限の美に酔い感動を抱き取っていた。

満杯の夢に生きて少年の風景は止まった。木と動物と少年は生命を削り合って生きていたのです。

「好きな仕事だけをさせて、生命をとったのはやっぱり私だと」

心新たな固渇からめざめた火の子の一途は、女の刃で漆黒の髪をすり落としてしまった。

「髪を切り丸坊主になったからって許されるはずもない」ひしひしと伝わって来る痛みと、きっぱりと寄せつけない個に息を呑んだ。

「死の間際のあの強さを写し出したい」

「生かされてある作り手の春」

「木彫写真を出版したい」

世紀子は目的をきゃしゃな身体に溶かしこみ、つんと決心、何処迄も己《おのれ》を生きようとしていた。

懸命に希求した写真集は強気の勝ちで出版された。純朴な魂を掬い上げようと拾うその写真集は冒険の躍動に押し上げられていた。

「まだ何かやろうとするものがあるはず」

今度の個展は原っぱで自然木を削りそこに皆さまに来てもらいましょう。

未完の作品が欲し合った。

さり気ない日々の、ストックしている風景は洒落たギャラリー。

「次に木彫の伝え部になって、作品を展示出来る館をつくりたい」

残された作品を選り分けて

「かたち在るものにするか」

「かたち無きものにするか」

「これからの生き方にかかっている」と、生きがいを這いのぼらせていた。

何処かしみじみとして洒落っぽいものが流れます。

熟れたひと色匂い立ち、世紀子の未来に預けた夢の香ばしさが部屋にこもった。

想い出を「気働き」で取りに行った世紀子。

想い出を「気無し」でもて余している安寿。

「気働き」も「気無し」も、立ち上ろうとする意志は同じ思想。

理想と現実、相も変わらず取りもって満腹イコール空っぽの感覚。世紀子は満腹、美の彷彿とした語り口。作品にオーガスムを感じるという。

オーガスムからこぼれて安寿は空っぽ遊びこぼれる。

なりわいの水

ブランドものは訪れた者を集めて取り憑いた。

折角のセンスが整って欠ける、いいふりした内面の乞食。ベーシックからファショナブルへと次々と流行の変り身の速さ、はしりものに走り、はやりものに眼が無い。

「カモ」が来た。

格好のカモにくらいついた。

プロとして求められる責任。

客を狩るのがいつものお定まり。

客は神。辛口の神がしゃしゃり出て、商品のほつれ目に目くじらを立てた。

「気が付かなくて恐れいります」

「早速お取り替えさせていただきます」

「気がつかないとは何よ、信用して買ったのに」

「取り替えればいいってもんじゃないでしょ」

「売る時には良さの押し売りをしておいて」

虫の居所を悪くして客は売り場を去った。

間もなく客からの苦情の電話を受け取った百貨店の上司は派遣販売員をかばうどころか

「お引き取り願ってもよろしいのです」

取り着く島もなく、さっくり切られデパートの銭集めの尋常なドラマは何やら浮かぬ。

生存競争のどまん中で売り上げ高のみが正義。

「押し売り競争をさせるからこうなるんだわ」

自立はえてして未完のまま次へと代わる。

「あのね。あのデパートに捨てられた」

「このね。このデパートに拾われた」

捨てる神、拾う神の世界です。

「金余りサロンはこちらで御座居ます」

お客さまの手を取ってダイヤを指に走らせた。

「白うおのお手だからこのきらめき生きております」

「あらお上手ね。うっかり買わされそうだわ」

「ほほほ今日は買うつもりではないのよ」

「あらよろしくてよ。目の保養をなさって」

たずなをゆるめる振りをして別の商品をすすめている嘘っぱち天使。押し付けのレッテルを体裁をもって付加して、サービスという信念の魔術なんて嘘っぱち。

自立を集約するとそんな事だった。

西武百貨店の八階で三島文学の展示があって間もなく三島由紀夫割腹自殺。

魂の震えを空間に散らした。

さえぎるもののない空間にまっしぐらないのち天の深さを知らせた。

性急に自我を染め変えてまっ蒼な空は血しぶきの雨。自衛隊の空を真赤に吹雪いた。

純粋に精神を成就させ、成就した内面を美に還元。美が成就し飛翔した。

日の丸の鉢巻きがやけに目に染みる。白地に赤い日の丸、名状しがたい郷愁、郷愁からの発想。

存在の重さを日の丸の鉢巻きにしみこませた生命。美に殉じた一刹那、いのちの全部をすりかえて半透明な気配きれいなものに狂う。

来る日も来る日も、とりこ男の乱に想いが行く。憂国の終点は自爆であった。

制御出来ない心が小宇宙で躍った。

自滅のレールを日の丸の鉢巻きで敷いて、まっしぐらな生命を自分勝手に走ったのか。

西武、三越、伊勢丹、高島屋、大丸、小田急と渡り歩いていた。

勤務先の小田急百貨店の坂道を昇っていた。蘭の展示会においでになる皇太子さまと美智子さまと出会った。

電車一つ乗り遅れた為の偶然の行きずり。手を振る美智子さま。

むなしく散らした笑顔と手は誰に向けられていたのか。私の前後左右は誰もいない。

「出勤時間に遅れる」

「生きなきゃ食べなきゃ」

生きる為に食べる為に貧しいふところが哀しい。

庶民からながめると、ふんだんに笑って手を振る渇きを視守る皇が居た。

コツコツヒールの音を突き針した。

「私　飢えています」

風見鶏、風の吹きよで八方美人。

売り場で由々しき事を流布された。

「負けてたまるか」敵陣に乗りこんだ。

「まてよ、負けるが勝ち」と折り合いをつけて今ひたすらに、怒りのエネルギーを売り上げへの意欲に転化させた。

「意気はためく気位いさん毒気が無いのが何よりのとり得、わけ知りで折り合い上手」

悪口を言わないことを基本にしていても、ひょんなことから売り場がもたつく。

「盗ったわね」すごみのある声に背中が引き吊った。先にアプローチしていた客を横取りしたとのこと。売り方のテクニックで渡り合うはめになってしまう。

「店員同志の思いやり」「とんでもない」

こき降ろそうとする「つぶし合い」で毎日をかわしていた。

「プッンと切れて、でんぐりさん」

「まあまあと仲を取りもつ」

取りもちさんに後で

「世間を渡る不器用」

「へたに手助けをするともつれてしまう」との陰口。

意地悪棘子のひねまみれの術は見上げたもの、終鈴のベルと共に百貨店の舞台を降りた。

ネオンの流れをひと歩きしていると、

「ピッタリの仕事ですね」

八卦見に声をかけられた。

「人間関係ジグザグよ」

「商売肌しではないわ」

「モノクロはっきり両極端の性格ですね」

ちぐはぐの占いに思考が止まってしまった。

「本当は曖昧模糊なのに」

易者の開運法は

「見立てるから金を出せ」だった。

「やっぱり金か」ちょっとあしらうと

「いつも逃げようとしている」

「それは当たっているわ」

エスピリをきかしたネオンのこんぺいとうがクスクスと笑った。

木の芽行路

赤壁のはげた裏通りで所在なくよろける娼婦。赤い襦袢を赤い紐でくくりつけ飢えた末に身体で食べている。安宿でサービスする快楽のおもちゃ。売春禁止法は何処吹く風で生きている虚しい生活の裏街。灰色の窓にはカーテンが無い。

太陽の贈りものをほんの少しいただきながらよどむ大気を斜めに切って隙間からの光線はちょっと先で止まった。

出張先の大阪で安寿はリンネと出会った。

はなし始めのめるへんと、その先の重苦しさ、思いは抑えても甦る。

銀の光を集めた手箱つなぎの列車に白い鳩が止まった。ぽっぽの白い羽根に花びらが止まった。

桜のトンネルをくぐって、ぽっかりと雲に引かれてのんびりと汽車は走る。

空色の中をぽっぽと走る。

列車の中で少女は夢を視ていた。

「夢はじめいいね」

鉄橋に虹が掛かった。

南から北へ（三十キロのスピードで走る桜のトンネルはほの白く浮いた）、汽車のぽっぽと鳩のぽっぽはお話していた。

「花はじめいいね」「虹はじめいいね」

にこにこと花をつないでぽっぽと虹をつないで、ふあんとした雲のむこうにこの明るさがこぼれないようにもって行こうとおどけてござる。

天満橋からグリンの屋根の大阪城がぎらついていた。光がつな引きをして洗濯ものがひるがえっていた。澄んだ大気に真白く乾き干しづなを「つと」青ませて匂いにつながる。

手を伸ばしてレースのハンカチを一枚失敬。

「何してんの」という風に、つき上げた声に振り向いて

「風に飛ばされそうだから拾ったの」

造幣局から「もうかりまっか」の街をくぐった。

何千本と咲き誇る桜、これでもかこれでもかとうっとおしい。

「何故そんなに勉強ばかりするの。勉強ばかりす

るとお利口さんにはなれない」

「思いやりが読めなくなる」

「点取虫という虫眼鏡で大人を視るのはよして」

決めつけるようにガミガミと、少女はうっとおしいと叱られて眼が覚めた。

ぶどうの季節が来てカッコウが鳴く。

むらさきの連《れん》ぽってりと、実もれの陽ざしでぽぽてぽてつぶそう。子育てをしない郭公が風を切る。お母さんの名はシビア。郭公がよしきりの巣に卵を一つ預けた。

生まれながらに生きようとするたくましさ、早めにカラを破った郭公の雛は、よしきりの卵をせり上げて巣からはじき出した。

「シリシリ生きるは苦行」

一匹残って口ばしを引きこむように開けた。育ての親よしきりは雛の意図にまんまとはまって、せっせと餌を運んで来た。

「シリシリ生きるは楽ちん」

よしきりの子育ては神に近い。

子育てをしない郭公は冬がふさわしい。

のに、なぜ、

「しつけはいかが」と郭公が鳴く。

空をちぎって夏に鳴く。

愛を知らない郭公の雛。

「会いたいのはお母さん」

「お母さんならすぐそこ」

「会いに行けば」

少し褒めてお母さん、それを目当てに来たのだから、

「この子はいじけて可愛くないわ」の言葉をふわりともち上げて、辛さにっこりちんぷんかん。

「ひもじい」心が交わなくなる。

「怒りたくなったら舌をかもう」

独りぽつんと少女は干ぼしになって歩いた。

公園で出会った少年の名はタクラン。

「面白い名前ね」少女は聞いた。

「かりの宿、托卵から来てるのさ」

少年はそっ気なく答えた。

「ほととぎすお前もか」

郭公の雛は小さく呟いた少女の名はリンネ。

その日暮らしの零の地点で、成長したタクランは修羅な生を叩きつけていた。

「おんどれ畜生どついたろか」

「べらべら嘘をつきやがってお前それでも母親か、兄妹をバラバラにする気か」

「出て行け。鬼みたいな顔やな」

「首吊って死ね。殺したろか」

臆面もなくののしるタクランの生き恨みの声に続いてヒステリックにさけぶ女の声。

「煙草止めえって病院で言われたやろ。何故吸ったもう死にに行き」

「やめられへん」

「意固地やなあ。もう死んだ方がましや」

「育てもしない母ちゃんに兄ちゃんは病院代を払うと言うとんのやで、有り難いとお思いや」

「母は郭公、子育てをしない郭公」

「産んだ子供は放ったらかし、親の勝手の母子家庭、過去を切ったら郭公の托卵」

「子育てどころやあらへん」

「そんなら何故産んだ」

「殺すよりましや」と老母。

老いずいてさらす過去が啼く。

愚かな処理のつけがまわって来た。

「都合のいい時は猫可愛がりの不潔、お母さんの本質は子育てをしない郭公と同じなんよ」

生きざまの悪さをののしられた。

「穴があったら入りたい」

消え入る声がビルの谷間の鬼門を通った。

汗と垢にまみれ日和無情、汗はへそ窪まで落ち溶けた。あれも人間、これも人間、性こりもなく人間。

リンネの視覚もタクランと同じ。

ネパール、ムスタン、シャルコット村。そこは女人禁区。

若き僧が死者の肉体を切り裂いて内蔵をバラバラにした。呼び笛が空に響くとハゲワシが群れをなしてついばみに来る。

食にありついて十分足らずで肉片はきれいに一掃された。頭がい骨はさらにくだかれ、ハゲワシに与え尽くして善行を重ねる。

肉体と引きかえに魂がワシの羽根にのって天まで運ばれ、人はまた生まれ変わるという。

人間も自然の一部。

大自然に溶けて受け入れられた掟。

チベットの大地で感性を大空に遊ばせた古代からの風習。

輪廻の発想が生臭さを麻痺させていた。

「子育てをしない郭公は鳥葬がふさわしい」

娘からの衝撃をまざまざと視せつけられた。

母シビアは娼婦。

「距離を置いて母を眺めたい」

リンネは断絶の心でシビアに翔んだ。

不犯の思想

「何故産んだ」「殺すよりもましや」

木の芽行路の老母。

軽いのりの乗られるタイプのシビアのかろい。

娼婦が子を産んだ。白痴の地点がうらやましい。

素人娘は子を殺した。優生保護という美名のもとで。そっとして欲しいのにこの揺らめきは先へ先へと元へと回帰。

時流の変化に追いつかない所に連なる転変。ひとつながりに追い駆けた。

あの日に飛ぶ。

結ぶものの風向きは「いのち」を宿した。

「未来の予約とり」トロイ女はコケた。

「責任とりの一法」おっぽり男、逃げた。

育たなかったあの距離は経済のひそみに退化して臆した。

にわかに生じた粋の是非、一枚の紙を媒介とした婚姻の花びら、御衣黄桜のみどりの花弁がひとひら散った。

本能のいけにえ、しわ寄せは「みどり児」にくる。蕾を途上で摘み取る巧妙に出くわした。

法の加護を受けて
「いのちをキャンセルした」

「中絶の前科者」

一瞬ぎくり、ぐちりぼらけた。

非人格なぶんだけ間断なく変テコ舞いの狂いに占領された。

蒼煌の出どころは未熟の邪念。

幼くおよばない所の私のかたち。

あるべき生命をいただいた。

殺しをマークする女をおなわに出来ないユエン。

「堕胎をうながす法は犯罪」

「正常のまやかし母性の不埒」

断ち切った一命、こうあった一両日が責める。

寥々とあてどない目つきは根深い心の砂漠。

生気がひきさがる。

折しも。おそとの陽ざしが満ち満ちて連れ出されて行く所、御衣黄桜のみどりの花びらに心を預けてくつろいだ。

三分咲きが七分に進み、みどりの花びらは色の違いを誇ってくっきりと宙に浮いた。

「雨が遠いのがいいね」

しばらくここに居ることにした。

太陽が等しく降りて来た。若々と花穂の日陰をいただいてゆるやかに涼を染めた。

「レトロな感じ」いたい場所。

花穂から飛んだおかげで今になって行く所、太陽の舌にまぶされて宝石色に輝いた。

光の列に連なった。きらきらとしたおかしさがほのぼのと昇った。照り返した光がくねって空を走る。

雲を枕にして金色をふわりと掬い取った。

風が等しく吹いた、香りを空に放った。

みどりの花びら吹雪は「ゆきんこのよう」「かざはなに似ている」

かざはなは滝の糸になって滝の走りが呼び合って雨の走りが加わった。

しぶきに打たれた。

しんと洗われて滝に打たれた。

「何故いのちを省略した」

殺されたいのちをこれ限りにはさせないという風に、省略したいのちがからまって滝の一癖になぶられた。

虚無と幽明かかえこみ行の切実。

旋律めいた気韻の色あい本音に似かようひびき。

産みたいという思惑で三分咲きが七分にすすみ、三ヶ月の蕾が七ヶ月のいのちとなるその時、罰のように言い渡された。

「未婚の受胎は市民権が無い」

「早くへその緒を切りなさい」

からくもしみ出した子殺しのすすめ。

トガトガしく頭ごなしに中絶の一役を買った。

したり顔はなかなかのもの。

慈悲でつなぐ視点はなく殺しを苦もなくあしらう見切りのつけ方、母の美徳。

あの処し方は打つ。

決定の力学、法の美徳は「慈悲」をあげると「堕胎」のおまけつき。

つづめあわすと母の美徳と法の美徳にひと罪で二度なぶられた。

無念という石仏と化した血のみそぎは、それ自体あなどれない「不犯の思想」の根はそこから生まれた。

初恋の子は光、恋もどきの子は影。

光と影が等分に罰を細工した。

つき詰め合った愛憎、産む産まないの選択は自分にあったゆえの「みそぎ」。不犯の思想は確かに生まれた。

罪ゆえの承知の現実、意のままに打つ。

家並が続く白壁の土蔵を通り抜け板塀を曲がり浜辺への小路を抜けた。下駄の歯が砂金にのめりこむ感じはいのちの身がのめりこむようで哀しい。

犬島猫島を前景に浮かべた海岸に立った。

太古からの自然の秩序、寄せては返す波の秩序。

海底が透けて小魚がわらわらと泳ぐのが見える。

崖下沿いに足を移した。

崖下の断面は強風に削り取られゴロゴロと石を詰めた地肌を露にしていた。

間もなくのけぞるような空間がほどけた。

風が豊かだと海底から貫きのぼるしぶきが岩を打つ。

迂回した崖の真中をトンネルがくり抜かれて洞窟とつながった。

小さな空洞は冷んやりして規則のような突風が走り抜けた。

突風は空洞の中で赤児の泣き声のように聞こえる。子供地蔵が祭られていた。

光が斜めに差しこんだ複雑な感情の宇宙。矛盾入れ乱れの宇宙空間で、ちんまりくぐもらせ内からそそる涙、女の思いを叩く。

この空間は小宇宙、八岐の大蛇が潮騒とからまって海を呼びこみ威勢良く、波はあざやかな神技で小宇宙の中に入って来た。

日本海の荒いしぶきにはじかれて太古の幻と結ばれた。

「剛気だね」

はつらつとした生気は吸い取られ感性の火花は底無しの未知へ溶けて青白く結びあげられた。

暗い洞窟の中で利用し合う恋愛の一画、一組の沈黙を包容していた。

黙り合った時間に乗り合わせた者は一撃をくう。

風の規則に押されて洞窟を出るとヒリッと紫外線が痛い。いつ来ても全くとめどもない海。

海つばめパッと翔び散らう。

空を住みかとパッと羽ばたく。

吸いこまれそうな空の中で生きていたい。

寂れた漁村の日本海を満喫していた。

地震による奇型岩が化石した畳ヶ浦、一服休みに坐った人間もこの空間に化石した。

「生を払って汚濁の上澄を掬って生きている」

内面を隠して能面のように坐っている人形。

ふすぶる毒を貯えたまま唖子になってしまった。

現実を受け止めかねて哀しみを海へ流した。

震える感性を沖へ流した。

「こちらのお山はべっぴんで」

「むこうの海はハンサムで」

「お山ひとっ飛びに海に接吻」

幼さを引きずって波間のルージュが歪んだ。

本能それのみ進んでいる火の子に唖然。

視る眼の伏線になって「不犯」に置きかえ「潔さ」を身に課した。

寂しさを掌に集めて「ふっ」と飛ばした。

殊勝にも痛みをスローテンポのエピソードとして中間にぽかんと載せた。

緋色のあざけりか中空でぱちんとはじけた。

エゴを丸めて空に放ると二羽の小鳥がブイに別れた。「こんにちわ」の太陽にフルスピードで入って行く。別れから始まる空の絵に飛行雲が間をぬいたユーモアでカモフラージュした。

「何処行く雲を送り出し、悩みを余り深く追求しないの。さらっと生きて軽いのかな」

上べは呑気な得意を置いて好きな型に切り取った。

「悩みの無いことが悩みです」

「そんな人、生きている値うちがありません」

にっこり笑った人生野道で自戒《じかい》のきかないケロリの安寿、無知故サタンを解脱しておお根の所で悩みを麻痺させ根っこに春を坐らせた。矛盾砂漠も思想によっては極楽仕掛けにしてしまい、魔性さながら天翔る乱を飛翔して、こんなに醒めているのに化かされているので御座居ます。

すくいきれない安寿は摂生したおかげさまで日々につないだ居心地、目のすみの雫を陽だまりに変えてありありと変容。

「際どさをもちいてひきたつ」

「運を光らせるのは自分」

心躍りのきっかけに陽ざしを編んで、スマートな時をしたがえた。

「まっさらな時と」

「すでに対等」

即座に「これだ」清浄な秩序。

端正に潔い、みごとに潔い。

位置する所が視えて来た。

「所有されない誇り」

「自分持ちの時間」ひときわ南に結んだ。

めがけて飛ぶ

台所でトントンと包丁裁きも楽しげに朝餉の支度の音がする。独り食べ抜けて来た勢いがまな板にトントンと小気味良く響いた。

水音のしぶき菜を入れたザルのせせらぎ、鍋をチッチッとはじいていぶし銀の独楽のように、くるくると廻った。

独り明るくたなびく意図、みなぎり弾ける意図をくる音楽はロック。

障子を開けて明かり取り、光はアップテンポで入って来た。ほど良い人生いただき。

ありなりの日々にぽっかりと入って来たものは、てんつるてんミニがお似合いのおきゃん。

愛嬌くらべの咲きざかり。

「黄色やのう」びっしりひしめく。

若さ欲しさにわくわく同化して、笑いを煎じてにかにか呑んだ。綺麗に賞味してけんけんして弾み一時的にこしらえてもおやおや若さはよその窓。

若さって待ってはくれないどんどん行っちゃう。

加齢の覚悟もなしに迂闊にも独り居て今いい訳はしたくない。

うすぼんやりとした生が途方もなくつづいた。

出稼ぎ先の東京で独りを守った女面が

「今どの辺かしら」

あわてて辺りを眺めた。知らぬ間に若さが刻々と時間という羽根にゆずりっこしていた。時間の経過は即ち髪に帳尻を合わせていた。

おぐしが銀の一筋、老いずいてさらす鏡の中、働きじわ断じて美ではない。

そんな折、年齢制限という鉾先を不意に向けられた。

「年が悪いって」「年齢掃除あらおかし」

企業のかたまりはせまくるしい話題の輪郭。

リストラというセリフを打たきつけた。

あの輪郭はいただけない。

「ピチピチギャルの時にはこき使われて」

「あっさりギロチンですか」なりわいの水に翔びついて跳ねかえり仕事と渡り合って落ちた。

「リストラ」こたえるものがある。

職はここにはなく「おかんむり」

「もう秋ね」「商いはあきたわ」と「秋たけなわ」非力で頓馬なお払い箱は東京タワーよりも高く痛みを積んで経済から投げ出された。

「何処へ行こうかメドもない」

玩具箱をひっくり返したようなコンクリートジャングル、アスファルトがやけに燃えこんがり焼きあげた豆粒程のスポーツカーをほおばる。

コンコルド天を針し、ただあくせく新幹線。

乗りもののお菓子は香ばしい。

つづら折りの現実、ぼんやり青く上の空、無力感だけがビルの底から空の方へ昇って行く。

自立がかれ葉色の葉がくれに飛んだ。

一葉吹かれた。

ビルとビルの隙間熱気が溶けて息苦しい。

さまざまに呼吸をしているジグザグの合奏の底から、テンツクテンツク祭囃子が聴こえてきた。

今日も山手線が巡回するギュウ詰めの通勤地獄のうねりを何千回往復したかしら。

車内はよどみが魔のように垂れこめていた。

鉛色の眼に鉛色の息を吐く。

神経がパチパチと音をたて、シグナルの点滅で呼応する。

秋寂びと連れ立って寂び寂びと落ちて行く。

車窓から宍道湖を視ていた。

光の反射で湖から町並が浮いていた。

フエン現象の春に上京したことを思い出す。

心琴に触れて走って行く古風な受身の松の木が、現代に調和して湖の小島に浮かんでいた。波のしょっぱさ荒磯の波頭、浸食された岩々に汽車は飛んで日本海に帰ってきた。

おいで加齢とここまで来れば何を急ごう悠々闊歩。

「この秋はとりたて」

ふる里は何処かきっぱりと挨拶で迎えてくれた。

「秋よお帰りなさい」

雨上がり、モンペとスニーカーが水溜まりで歪んだ。

肥桶をひょろりとかついで百姓はここから始まる。

日中肥やし汲み、日照りにふんぷんと臭った。

肥桶棒のまん中で、ひょこひょこ無心にリズムを取って腰が踊っていた。

「肩が痛い」

「びぃーんと響く」

畑への道中肥やしの途中で百姓が声を弾き出した。いつも場違いなのはちぢれた心で訪ねる髪の長い女。都会風の生の白さで安寿が視ていると働き者の生きた貯えが気運のようにのぼり射すくめられてしまった。

翌。

私の家を出て小路を伝って小川が流れ左の唐鐘《とうがね》川と合流した。白い明寿橋を渡り日盛りの坂を昇った。

高台からの突風はアスファルトの坂をすべり、屋根を転がって日本海を走り抜けた。

高波が船裾に寂びて消えた。

波の香ばしさ水底の一点、夜がはじき出された。

漁火の光の粒は金色のネックレスのように連なった。海の男のプレゼントと翻訳したい。

波の音色に生活の糧がのびやかに蘇生した。

活力ある糧をいっぱい空に散らしたきらきららくがき。磨きたりた情趣をてきぱきとついばんだ。

冷んやり霜は三つの花。

十一月小春の朝のまなざし。

日なたぼっこの縁側に独りの平和を置いた。熱湯に微笑をくぐらすと秋風が立って来た。

もぎたての柿の実を一気にむくと、むき実のみずみずしさが硝子の器に反射した。

オレンジ色を楽しんだ皮は、包丁から蛇のように垂れ下がりとぐろを巻いて「大蛇《おろち》」に化けた。

頃や良しと出番を待つ神楽の舞い。反骨の勢いを保って助走した。

「明日をめがけて飛ぶ」

福のお告げか恵比寿の位置に心傾く。骨太なのに道化のかるみで展開する舞いに、ハッピ姿もハッピーに神楽のリズムと仲良く踊る。

きらっと光って次にまわした。

同列に並んだ演目は
「黒塚」

那須ヶ原の老狐を討つ極致の幻視は「面白い」。

ひとふし吹いて視るに至った。

「塵輪《じんりん》」

仲哀天皇が異国から飛来した塵輪を討つ為に第一線で多感に飛ぶ。

「八衢《やちまた》」

天皇降臨の折、猿田彦之命が皇孫の道案内をした。

神話を要に立ちむかう舞台は「なかなかの楽しみ」思念の集合に向き合って気を合わせた。

加齢のせいかな、まるければ丸可愛。

独りの位置はまるけれど年月に合った丸味で、何かいいことありそうなふくふくと幸せそうに、こんな風に暮らしていると
「幸せのおすそ分けをしましょう」と、叔父から壺をいただいた。

本物を創る指先は孤独、ロクロを廻す未知へのどん欲。


のっぺり土からひょんなもの生まれる。

土が人を嵌込む。

窯入れの日。

未知のせめに入った火男《ひょっとこ》はすきとおった高さにほむらを置いた。

ひょっとこの狙いに乗せられて、紅蓮の炎はおかめのようにふくふくほこほこ躍り出した。

窯出しの日。

熱反応を起こした器は、炎の精で出来上がりミステリー。

焼きしまりのまばゆさを床の間に置いた。

素朴を吸いこんで澄ましている壺にシンビジュームのみどりの花を活けた。

けれん味のない快さ。

お手柔らかな生は、お茶を点《てん》じうつわの深さになりきって着物がしっくり来る。しぶい色あいを吟味する骨董のこころ。

手づくりの貝のれんをくぐると落ち間の面白さに潮風が通る。

行き届いた清潔さ、拭きこんだ廊下に影が写っ

た。太陽を捕えた六畳一間の座敷を襖を取って十二畳にくつろがせた。

波の襞、海原ギャザーの音がする。

開けっぴろげて生命をのばした。

何処もかしこも私の空間。

こんな時は何故か寂しさが楽しい。

しまいきれない時間がらくらくと控えて贅沢。


「何をしていよう」

憂うべき何かを視て、ゆっくりと異和にむかう。

その昔、駿府の牢の囚人を早く叩き殺して解体した。

さてそのわけは、唐人《かろうど》の生薬屋の原料になった。

生血は中風、生肉は労咳、肝は腹薬等、死体をおろして銭にする。

原料難の時は生きた人間をかどわかして頭をかち割った。

脳味噌を団子にして乾し固める。

六神丸は生薬として売った。

処分するお堂では生肉を食するという幽鬼。


「おそろしの堂」地位のひらける戦国武者は立身欲に関心を示し、陣取り合戦で勝鬨を上げた。首斬場で敵方の死体は比丘尼が首を水洗いして、首実験がすむと生首を下げてもらい唐人の所へ身をもって運んだ。

生計をかちとるという信念で戦い取《と》った。

「取る」というしばりからの解放は明治になって打ち止めにされたが現代にも転化された亀裂。冷静なリストラの火付役はギロチンの首を視つめ、憂い越えのこの時に「リストラは捨てたもんやおまへん」

「ほな拾いまひょ」

ゆとりのある時間をくれたと如才なく受け取った生のイマージュ。

自立をかち取ると的に迎ってしきりに願ったのにギロチンの「おかしさ」をも一つの眼で視ていた。

古代発掘から出て来たマヤの絵は自刃を貫くマヤの首斬り。

発掘の中に歴史のけだるさが飾ってあった。

習いの中に納まらない廃都の中に納まらないスケールのアブノーマルな文化を写し出していた。

刃先に魔が集まり、己《おのれ》の首を自らの手で斬り落とすマヤの絵。

以心伝心そっくり覚え見返ると次々と首斬りをうながし始めた追首。

首筋からの血潮は流れ膨らみ赤い海から住みかは一空にして廃都に麻痺。

幻覚きのこが置かれていた。

一つ所にうかうか居ておかしな風景を手折った。

はるか遠くを視る視点は武士道へとつながった。

江戸参勤中、殿病死。

召しかかえられた家臣のたった一つ返してゆく忠義。

殉死の慈悲をおしいただいて切腹。

椿の花房は首からぽとりと落ちた。

いさぎ良い精神の質をゆずり受け追腹。

マヤの首斬り、追首。

ヤマトの切腹、追腹。

アブノーマルに溶かされて寂のいのち確かに受け取る。

寒月は埋もれ夜毎凍りゆくいのちのいさぎ良さ、陰影は濃くいつわりのない冷気にすべての感覚はしびれ静間逐一「サムライ」にくる。

殉死の願いも虚しく、生命の分け前取り違え、生き残りの汚名を着せられた早とちりの「おかしさ」にも打たれる。

「することを捜していよう」

なごみの雲に誘われて風をくぐった。

ビックアップして比較しようにもどの街もパターン化された視飽きたスペース。吸収するものが無い。

日本を抜け出して、とりあえずしかけたまんざらでもないスタート。

スリルするり中空を行く。

光が風に走り、風と一緒になった空の走り。風が残るかよい道、夢あかりに道がついた異空間。

ベルサイユ宮殿の四百枚の鏡をせっせとのぞいて精力的に引きまわされた。

精神的小国日本の異国的浪費を、エスカレートさせる添乗員の道化まわしのしたり顔は底ぬけの空っぽ。

サクレクールから巴里市内を視降ろした。

「オーイ」とうちわを高く上げた。

表通りは人の洪水でにっちもさっちも動きが取れない。

自由を求めに来たのにこの不自由さ、異国の身の振り方は身振り手振りのパントマイムで身の始末をつけた。

からっと空っぽの心の中に大道芸人が「おねだり」したみたいに入って来た。

フレンチカンカン口笛そよがせ、嬉しいと歌をうたいたくなる幸福が残るからに、生きがいの分子ピンと来て自分を明るく取り戻していた。

人生の一緒のこだまポンと打つ、おどけのたまもの。

笑いの心、密残り。

心にいいものをくれる夢に響く色。

「こころが残る」と受け取った。

すっからかんへの贈りもの。

グッと絵を感じて伝わって来た。

サンリュス通りを横にそれるとわくわくする真実が投げこまれた。

「うさぎ小舎からようこそ」

金髪青年が近づいて来た。

「旅は喜び連れ」

気ままという共鳴の谺《こだま》で「この指止まれ」と運を呼びこむ。

「花道、茶道を手玉に取って伝統弾いてお手玉しよう」

「歌舞伎、カブク傾く百花繚乱」

「相撲、神宮に奉納する風俗がナウイ」

洗練された色あいの欧州野郎はトンチと風刺がきくらしい。絶妙な精神のかよい道。

メカミニのレンズでのぞくと、

「もっと近く接近しましょう」

「ミニカメラ小さな事はいいことだ」

「省エネを逆手に取ってエレクトロニクス」

「箱庭、盆栽の精神がコンピュータなのさ」

「科学の先取りパソコンウイルス」
「神聖な領域の十三日の金曜日は使えません」の
さざめきにうなずくことしきり。
　目新しいひろいものはお洒落のしるし。
心にいいものをくれる贈りもののいろ。
旅の心、旅のこり。
女の心、幸せのこり。
目論みのない潔さへとめがけて飛ぶ。

クリクリの月

おいでドッコイしょと浮草稼業は、草津になびき湯けむりが香っていた。

流れて湯けむりいたる所、温泉宿は流れ湯で惹き合ってハッピーな商売をやっとるわい。

偽善のしこりをもったルーム係は「こちら」、ホテルの玄関先に並び、早発ちの団体客を見送りのバスに乗せた。ルーム係はバスのお尻に手を振った後、客室に戻って部屋かたしに大忙し。スリッパを下駄箱に揃え入れ、浴衣とバスタオルをクローゼットに置き、電気ポットの水替え、金庫の点検、冷蔵庫にビールとジュースを入れたし、カーテンを整えて花を飾る。

いくつもの部屋をかたし終えて窓外を視ると、ぽかんと良い日大地が丸い。丸い大地に四角い湯畑がさざ波立っていた。真昼は時間がすこっと抜けた。

湯畑から流れる湯の滝はどうどうとしぶきを上げる。何処迄しぶく湯畑の滝。

陽の微妙、風の細みで二条に蛇行。

男と女の分流したしぶきが二匹の蛇となってむんむんと狂おしく感動の坩堝へと落ちる。

太陽を受けて陽なたぼっこぼんやり。

視ているだけで楽しい昼の陽気。

お土産街道の先は西の河原、湯の河がどっぷりと弾き出されていた。午後を過ぎるとしゃきっと着物を着て、たすき掛けで台車をゴロゴロ引っぱった。台車に大きなカゴを乗せて、それぞれが三百数の食器を取り揃える皿取り合戦の始まり。

食器棚の狭い通路を何十人ものルーム係が行ったり来たり、ササ（大皿）や刺身ぶたは重く手は挟まれ足は踏まれ有無を言わさず器の早取り競争。陶板は音高くガチガチ響き、額に汗をにじませて修羅の如くまがまがしい戦場。

器を大広間に運ぶと、ほっとする暇もなく晴れた運を呼びこむ宿泊客さま「こちら」へと部屋へ御案内して三ツ指をつきお茶を入れて差し出す。部屋を下りぎわ、靴を下駄箱に入れると急ピッチで大広間に戻り七、八十人分の宴会場づくり。六人のルーム係で受けもつ。

卓膳の上でデカ盆をもって配膳。前菜、先付け、御鍋、向付、鉢肴《ざかな》、炊き合せ、酢の物、煮びたし、油皿、洋皿、留定、刺身等。料理配りは流れるように速く、安寿は陶板の重さにギョッとして肉料理をひっくり返してしまった。余りのきつさに次の仕事の段取りは思考停止のみこめない。

「着物土方とは知らなかった」

肉体が柔ではやっていけない。

力の入れ所が悪いとへたばり尽くす。

膳の位置がずれようものなら上州のからっ風弁でがなり立てるベテランの声。

「プライドなんか吹っ飛んじゃった」

止まり木にお洒落小鉢を止めて、

「やるっきゃない」とこなしてゆく。

観光客の鋳型の行列のお出ましは多ければ多い程、ルーム係の疲れとなって跳ね返って来る。のどかな温泉ホテルにふさわしくしつらえた大宴会場。膳の前に同じ浴衣で揃った出揃った。客となってみれば何が出て来るか解からない楽しみなお膳に、からりと上がった薄衣の味なもの。

山里の料理人の気働きは生きざまそのもの。

計り知れない趣きの食と器の洒落たアレンジに「もう最高」とグルメの箸で掛を切って、客は客となって笑い誇れる。

仲居のスケールは客の憩いを預かって、おあいそ笑いで鎮座まします。

宴会前の女将の挨拶。

客の用事で客室係がうっかり動こうものなら「私が挨拶している時に何故動くのよ」と、後でかんざし突くをみる。

ホテル女将の正体は上辺は笑顔のつくり笑いで、ビール勘定ふやしの折り合い上手。

客はカラフル経済の好転の兆しとばかりに、客の好みをうまうまと繰り、ビールを注いで札をたぐり寄せる狙い目がうまい。

「さあおいでなすって」

客室係はここからが本番。

客にハイハイと近寄ってビールの栓を抜く。ビールの泡はあふれこぼれ吹きこぼれ、

「ああえらいこっちゃ」泡のひとわれから火をつけた。土びん蒸しの火付は前奏曲。客のさしがねあらゆる雑用が後から後からおそってくる。

数時間たつと酔いのはしゃぎかざんざのリズム、ざんざのリズムにのせられて笑いにかしずくおかしな人間が通用していた。

媚をはき棄て酔いのざわめきを見渡して安寿はしんと醒めていた。

酔客が肩にまわす手を逆らって談笑のリズムでひょいと逃げの離れわざをやってのけた。

つんのめる笑いのさざめき。

仲居のかたちをピエロでつまんだ。

刺身ぶたやビールの空びんを盆にのせて「あらエッサッサ」とパントリーに下げて客のしつこさに折り合いをつけた。

パントリーの高窓から天を覗くとほろ酔い月が寄席ばいいのに落語した。

アポロからエンデバー迄今昔ひとっ飛び。

闇色に空を割る、熱中するものがあればパラダ

イス。

月の凛とした青い照明に視惚れていると着物に月の光がさして帯の色にすすんだ。

帯の結び目は宇宙船のように膨らんだ。

まあるい地球がふわりと遠のき九十分の地球一周。いのちの神秘風にのせて月まで運ぶと内緒話。洋々と目の覚める旅。銀のさざ波を追いかけた。波から光が返って来た。

「いのちいっぱい、遠くへ行きたい」

光のゆりかごに揺られていると、それは温泉客のぴかぴかのおつむだった。パントリーに迷いこんだ紳士客が氷水を所望した。

「ハイ」と差し出すとほろ酔い月がぴょこんとおじぎをした。盆のような月だった。

ぴかぴかの月がふわっと握めそう。月は誰のもの。

地球から行った人間が、ぴょんとうさぎになって科学が童話になった。

ふと我に返って茶わん蒸し、香のもの、おみおつけ、御飯と立ったり坐ったり八十人分。

ごはんのお替わりがすむと汗のひぬまにお茶くみ、甘味、フルーツと又立ったり坐ったり膝がガクッとくる。

宴会が終るとふすまを閉じて残飯落とし。

ふく掃くの後片づけ、膳を並べ変え明朝の器並べと大わらわ。

戦いすんで帯を解くのはいつも十時を過ぎていた。

タコ部屋の寮への道をとぼとぼと月の夜道をはるばると、金と銀のくら着けて、視上げる星は点になり月はピリオド何かの暗示。

湯善神が光泉寺から視降ろすと湯けむりが揺ら揺らと天に昇り天の苑《その》は飄々ときんいろ。

湯けむりにふすぼりもせずクリクリの月。

「客のチェックアウトに合わせて明日も早いわ」

そっと明るさに手を伸ばすと青い地球。

「地球は息をのむ美しさだった」

「いのちの星、青い地球」

「地球という星は青い花びら」

「おし花にしてもって帰ろう」

御来光が拝めるのがこの仕事のメリット。

「宴会の酔客にギブアップすることが生きるセンスかも」

「客にかしずくのはどうしても誇りがもてない」

「新しい自己のものさしはここでは見つかりっこない」

湯上がりに香りほのかなくつろぎは、お客さまだけのもの。

湯けむりに取りこまれたつい昨日、うしろに飛んだ月日をおかしがった。

お伽ざらし

お昼寝している犬っころの背に蝶が止まった。

間延びしたあくびの広がり、眼を覚ました犬っころが炭坑の町を、いとおしく抱き取ってぴょんと跳ねた。

「父さん食う為まっ黒けのけガングロ」

父の腕には石炭の突き刺さった、黒い蝶のイレズミがあった。

ここの所、冬めいて静かにすくった父の死。

亡くなる寸前「オーイ、オーイ」とさけんだ父の声が冴した。

痛ましい腕から、ほくほく羽ねて蝶が光る。

黒い蝶が冥府へ越して逝った。

仏前のろうそくの炎の一点、父のいのちが視えて来る。

神戸で家具店を営んでいた父が空襲の為に焼け出されて山口県へ疎開した。

戦争はあらゆるものをもって行く。

炭坑で働いていた父の思い出と共に、安寿の少

女の頃も視えて来た。安寿は小学五年の時、結核で一年休学、回復のあかつきには

「ヤーイ、ヤーイ落第生」と囃し立てられていた。

その頃。

社宅の通りでは余儀ない日々の盲老人が、生きる戦いのつながりをあしざまに言われていた。

この社宅の通りを貝を売って歩く一人のおじいさんがいました。貝を売って歩く人は都会でも田舎でも何処でも視かけることが出来ます。

然しこの社宅で貝を売って歩くおじいさんは少し様子が違います。古くさいボロボロの服を着て十七、八歳の少年に竹の棒をもって案内させながら夕焼けの町をふらふら歩いているこのおじいさんは盲なのです。

「彦じい今日はどの道から行こう」と聞いている少年は知的障害者でした。

「末広通りから行こう」。黒い埃の道を歩き出す。

ある薄寒い日のこと、小さな子供がたくさん集まって遊んでいる道の陽だまりの中にあの貝を売って歩くおじいさんがやって来ました。道一杯に広がっている子供達に、

「どいたどいた」と言いながら通りかかりました。

「眼の無い魚が住むという秋芳洞の洞窟の中、暗闇に退化した清流のお化け、真澄に触れてりんと跳ねた。ヤーイヤーイ」

子供達の囃し立てにもめげず案外明るい表情、思いの外元気な声に何かほっとさせられました。

ところがそこに居た酔っぱらいが何を思ったのか「どいたとは何だ貝売りが横着を言うな」とからんで黒ダイアをポイと投げた。

「貝売りのくせに」阿呆の骨頂まかり出て怒鳴った。

貝売りのおじいさんはビクッと顔色を変えて立ち止まった。あの視えない眼で一生懸命アル中男をにらみつけているようです。

「貝売りでも何でもええじゃないか、お前等に食わせてもろうちょりやせん」

さっきとはまるで違ったかん高い声で言い返しました。そこへ丁度一番方でまっ黒になった父が通りかかりなだめに入った。貝売りのおじいさん

は「年甲斐もなく御迷惑をおかけして申し訳ありませんでした」と頭を下げた。

「彦じい帰ろ」いったい何処へ帰るのか。

よれよれの影法師は天の深さを仰いだ。

眼が視えなくなっても竹の棒をもって案内させながら貝を売り歩かなければ生きてゆかれない現実。

よすがの光をかすかに求めて盲老人と少年が視納めに振り返った炭坑の町は柩の行列のようだった。


父は停年後、島根の醤油醸造業で働いた。

コウジ室でタルのもろみを念入りにかき廻した手を休め、カビともろみの匂いの染み着いた屋根に雑用の為にのぼり落下して頭を強く打った。

落下の原因は炭坑から引きずっていた。

坑内の落盤事故で足を骨折して曲がらない。その為に足をつまづかせて落ちた。

病床日記が残されていた。

足がすべって屋根から落ちた。頭が激痛の糸で引っぱりまわされる逃げようもない。

痛い腹が立ったら阿波踊りを踊る成。

痛みのからくりをひょうきんに解いた弱々しい父の字を追った。薬で痛みをぼかした小休止がくる。今日も生かされてある。

窓際の花が慰めて今日の生命を明るく結んでくれた。痛みの無いのが何よりの極楽と、人生の重みが解かれた。

通夜の日。女性がしらっと煙草を吸う。

「裏心があるのなら一日だけでも煙草断ちしていただけないかしら」

初七日。お茶番は紫の衣と対座した。

「あなたは何処へお勤めですか」和尚が聴く。

「東京の百貨店に勤務しておりました」

「ずいぶんお休みがあるのですね」

遊び暮らしてという風にあなどりの眼で突く。

徳のイミテーション。

心根高く上品にみせかけて端座まします。

どんな説法も氷解しない。

「私は今日から無神論者になります」

僧への敬いの糸を斬って経本を膝の上から畳へ置いた。

「私の祖父の名は秀吉と申します」

「坊しゃん信長をお好きですか」

「仏教を斬った信長をどう思いますか」

聞いてみたい思いを流して坊のお経に立ちまかれた。重々しい読経の片ほとりで線香の向こうの仏教の陣地を視据えていた。法意は大乗的に何を還元するか、仏法も因果の一分子。

世間の柵《しがらみ》を本当として立つ僧の読経は明朗で清げに徳々と仏を説く。あの経文は心を助ける作用はしない。宗教の宮は簡素なのか、寺前一帯の自然木は仏の好運で手ずから染めた。

寺普請の寄付集めは功徳をさしかけて檀家の肩に掛かる重さを棚上げにして拝み取る。

「あの振る舞いには去勢される」

念仏の意図は何処にあるのか。

安寿がこの世のお陽さまを初めて視たのは、神戸の家具店の飾り窓からだった。

生まれは神戸、育ちは山口炭坑の町、働き盛りは東京。何の縁でしょうか日本海に帰って来たが、生まれ故郷にふらりと立ち寄って東京で取ったきねづかで神戸の百貨店に勤務した。

神戸は斜面の多い街。石段の階段を登り詰めると空をエンジョイ、うろこの家の小さな窓から碧き神戸を一望。

坂下の港には外国行きの船がセットされており異国の香りが漂う。

右横下には工場の煙がもくもくと置き土産。たなびく煙を追いかけて爽やかに貫くほのめきを、ヌーボーと受けて日本海を懐かしんだばかりに一年で神戸を引き払った。

平成七年一月十七日。「仰天の空」

伽藍の殺風景の一点、あの瓦礫の中でいとこが圧死した。

純奈いちずの名前の由来は全力で咲くいちずさから来ている。

花もてば「明日」までもてば「吉」のしるし。

のんびりはじめの朝、純いちずに降りかかる光が闊達なくエネルギーを仕込んでくれた。

「阪神大震災」

幾つもの運命が風かげに揺れた。

ビル群が尽きたむこうの街並みは瓦礫の賑わい。

賑わいの片隅で純奈いちずが他界した。

一月二十一日、私といとこのいちずは同じ日に神戸で生まれた。童女が並んだ家具店のあの日の風を追い求めた。素敵におかしいぽかんとした日、不思議な心の空地が静止して驚きすきとおった器に妖しく映った。あの「飾り窓」にはいつも突き当たる深い思いがある。

稼ぎ先の家の下敷きになって瓦礫の中から掘り出され野ざらしにされた。

夕日の清めは妖しく「いちず」はここよと、生きているみたいにし残した思いが冷んやりした立体感で迫って来た。

「並びなき望みを豊かにとどめたお伽噺は幸せがお好き、ある期待にしばられはぐらかされたお伽噺は嘘つき」

いちずのつぶやきに「えっ何、言葉が視えないわ」

何かと何かがこする音、何かを視ようとする眼、何も視えません、眼ん玉が無いのです。

安寿の眼はふし穴、何も視ていない。

煤けた空間が滑稽です。

六甲おろしの風がざらざら吹いて、墓みたいにつっ建っている瓦礫群は情緒に釘を刺していた。

冬を崩したページのあとに、いちずをあっさり連れて逝った。

不気味な無住の伽藍。お伽ざらしの坩堝の中。やせた心が釘づけになって、実の無い空っぽの虚栗《みなしぐり》は紛らしようのない寂寥感に醒めていた。

これに似たそっくりの乾きが垂直にゆらりとのぼった。ブルーの風がもの哀しく生きる。

ふと、さくら子の痛みにピントを合わせていた。

雪のひとわんを

青白い光が何処までも走った。

「ことわりもなく風景のまん中をピカがドンと落ちて来たの」

「太陽がはじけとんだかと思ったわ」

「だってすごいんだもの」

銀の色は空から抜けて降りて来た。

家が漫画になって飛んだり跳ねたりしたかけら。

空坊主になった木に雪が舞う。

しんしんと積もった夏の雪のむこうで、ほかほかぬくもり炎のトーン。

「あそこはりんが燃えている
」お絵描きの地図は銀色に染まった。

「ピカ」と天に昇り
「ドン」と落ちたきの雲。

「熱い熱い」とひひと泣く。

霏々と降る雪、火照った肌に止まった。

毒汁に蒸されてカッカッとただれていた。

「ほらごらん」

「ピカドンの悪戯なの」

「ピカドンの折檻なの」

「見せてあげる」

青白いりんの中で少女の声が燃えてます。

「ヒーッ」という遠笛が聞こえる。

「お母ちゃん」とさけぶ子笛も聞こえる。

風がヒーッとまねしんぼうで逃げた。

ちょっと触れた指先がすりむけてふと少女を感じた。

「お水」「痛い」

「薬をちょうだい」

破れた肌が照り返し炎となって躍っていた。

つんとした鼻先が白いクレヨンのお骨、今少年をみつけた。煤けた眼にくもの巣が張っていて飛びこんだハエがもがいているのが、まるで空をにらみつけているように視えるのです。

日の光にこんがり焼かれて白骨がきらりと光ってこぼれます。


石壁の中にかくれんぼしていたさくら子は、ピカのあとを視てしまった。

悲しいことが一杯で耳の奥がキーンと鳴る。

空二つ星一杯。

果てもなく眼がくらんだ。

ひまわりと空の眩しさに眼から火花が散った。

ピカの後をさわって歩く空っぽの白い時間、雪のお里は微妙。

「さくら子ちゃんは不具者《かたわもの》」

「逝きそで逝けない不具者」

火照った夏がさくら子を連れ出しに来た。

山寺の石段でジャンケンポン。

段の尽きた所でケンケンパー。

同じ日だまり同じめざめでここにある。

わらべ一杯ちいちゃなしぐさ、そこら一面輝いて寺を背に遊び去る。この世に迷いはぐれた仏の子は祈りを写したお経にそっぽを向いた。ピカで逝った子供達は死んだことを解ろうとしない。

きき訳もなく現れた。

「さくら子ちゃん遊ぼう、こっちへおいでよ」

さくら子は何処とも知らず連れられた。

心を澄ますと「お元気よう」

きれいな瞳が寄って来た。

仏の子に好かれたさくら子は、好かれたことが嬉しくてコクンとうなずいた。

「すきとおってきれい」

「自由でいいな、洋々としていいな」

きれいすぎる不安をたわむれて何処か狂って遊ばれた、不思議をかざすと悲しくなるから知らない振りをしていたい。

いつも歩く道すじは海を目当てにひまわり畑、黄色と青とを小粋につないだ。

浜辺で子供達は舟を視ていた。

舟先から腰にかけての木ぐみの細工は丸く、磯舟のとがり具合は海へ出るという未来をもって創られた。おろしたての嬉しさを波と仲良く分け合って、青いスピードで一直線に沖へとめくる。

まっ蒼な海、海色したジーパン、波しぶきのシャツ。しゃく銅色に日焼けした漁師は白いしぶきに自慢の舟を走らせた。

カタリ、カタリ、さざ波の語り、潮騒の囁き、海鳴りのタンバリン。波の揺りかごに揺られていると、エクボにしまったお話したくなるの。

「かもめさん一緒にほっかり遊ぼう」

こおどりしたままふくらんで、空に吹っ飛んで行かずにはおられません。

世界は大空　日本は小空
大空と小空は　まあるく一つ
仲良く集めた　はにかむ空を
ピカがドンと　落としものをした。

いのちがポロンと　ぶらんこしていた
とっておき小空に　ぽつんと一つ
フリルの衣裳が　似合うでしょ
ピカで逝った　落としもの捜し。

子供達は口ずさみ声が揃ってコーラスのよう。

髪が風色に揺れる
体が海色に溶ける
心は夕日色に咲いた。

さくら子と子供達は今日を取りこみ夢色という感じ。

「ここは忘れられない所」

「ここに来れば又会えるかしら」さくら子は聞いた。

「今度は原っぱにおいでよ」子供達は答えた。

「又おみょうにち」

「良いあした」


おさげをなぜた風さんと肩先で踊った蝶はひらひら舞って、さくら子の黄色いリボンになった。田んぼの畦道通る時、ケロケロ蛙笑っている。よもぎ取りに畑道コロコロさくら子も蛙のよう。「わあい」という声に静けさが破れた。さくら子は原っぱに来てしまった。霞の風情で現れて花の風にして胸を張り、星の風にして輝きます。

きらきら夢に吸いつけられて子供達に会えたことの有難さをありがたいままにして、この風景にそよめいた。

赤いベレー帽をかぶった石地蔵がおわんをもって立っていた。

寄り添う子供を見守るようにお地蔵さまはにこにこしていた。お地蔵さまをまん中にお手々つないで輪になった。

エネルギーを引きのばしてつくった原子のあやとり地球の表をなでる。

ピカの光と同時にほんわか浮いた雲の広がり。

「お地蔵さま教えて」

「あの瞬間時が止まったの」

「生と死の境目が解からない」

震えをひまわり色に伝えて、お地蔵さまは子供達の苦しみを知りたいと雪のひとわんを食べてしまった。

子供は宿無し、宿無しの行方を追い駆けて行くと霞が突然現れて、前を横切りいつの間にか消えました。

「遊んでくれて　ありがとう」

「ミルクティ　ありがとう」

「お砂糖二つ　ありがとう」

「いのちの水　おいしかった」

すきとおって子供達はお地蔵さまの中にはいって逝きました。

残されたさくら子は白い時間を飛んだ。

お供えの夏みかんをむいてゆく、むいてさっぱり仲良し小粒を引き裂いた。

甘ずっぱい香り、おいしさをすかすと放射能汚染の粒、まるで当たりを吸い尽くす。

生ある者は卑しく食べものは大らかにのど元を通り、パクつく口元をそれ一つ不思議と見守ってしまう。

さくら子は隣の県へともらわれた。

銭湯につかっているとすきとおったお湯にひき吊った肌が映った。

「あのケロイド私のと良く似ている」

軽く息を止めて視てしまった。

さくら子は同じ年頃の少女に近づいて話しかけた。

「このケロイド私のとおんなじね」

「ほら　視て」胸の傷口を指して言った。

「あら　本当」傷口に湯玉が跳ねていた。

「私　さくら子」

「私　すみれ子」

小さな体は毒素が一杯詰まっていた。

きのこ雲のしるしを
「さくらの花びらみたい」

「すみれの花びらみたい」

湯舟に咲いたいのちの花びらを
「ここも」「ここもよ」

「柔肌、ブラボー」

体にもらったお伽噺を、銀のしずくがむいてゆく湯だまりの匂いです。

元も子も明るく七つの子は湯しぶきを上げた。

湯しぶきはさざ波立ってお湯の中でうす紫に咲いた。

「何処から来たの」さくら子は聞いた。

「ふわりと小雪に乗ってもらわれて来たの」すみれ子はおしゃまに答えた。

ピカの運に二人は同じ。

「私も、もらわれて来たの」

「さくら子もすみれ子も、もらわれっ子」

話しているととても楽しかった。

ピカが来て体が腐り始めた。

ピカが来て黄色いうみが流れた。

傷口の醜さを「こんなにきれいに咲いたでしょう」

「すみれをさざ波立たせる傷が紫のじゅうたんみたい」

「すみれの紫の色は哀し、哀しくてきれい」

もらわれっ子はお伽噺にすりかえて、雪のひとわんのめるへんを「哀しいの哀しいの翔んで行け」

にこにこ二人は仲良し。

はらりと冬がほろっと来た。

「遊びましょ」と、癌が来てすみれ子ちゃんの体を血の海にした。

「雪晴れに赤い実が一つ」

「ぽつんと光るあの赤い実は私」

すみれ子ちゃんのあの明るさには叶わない。

ひと粒の赤い実をかれんに隠した白い妖精は、道も橋も視えなくしてしまった。

「すみれ子ちゃん何処へ行ってしまったの」

「待ったら来るかしら」

ごむまりみたいに弾んでいたすみれ子ちゃんももういない。

「お先に」と、

いのちを風にゆずりっこして、しくしく逝った。

「広い野原へ、いったのかしら」

「きれいな泉へ、いったのかしら」

「仏さまの優しさの近くへ、行ったのかしら」

ピカで逝ったすみれ子ちゃんは「過去」

いつまでも少女。

生き残ったさくら子は「未来」

時は止まらない。

さくら子はこれからを生きる、たくさんの時間を受け取ってしまった。

残された者は語らなければならない。

りんごをむくように指の先からつららみたいに皮膚が垂れ下がり、銀の光がむいてゆくあの日を、夏の絵本からこぼれたいのちを。

数珠のようにつながったけし粒のいのちは、雪のひとわんにさらわれた。

予感が当たらなければいいが案の定。

安寿の身近で広島が音をたてた。

広島の叔母ひかる子さんが癌で亡くなった。

天へ還って逝く間際、見舞った人々に魂いっさいをこめて合掌。

そのしぐさを三回して息を引き取った。

「神の性格の近くへいったのかしら」

感謝の合掌は残された者の中に蘇生した。

胸窓を打つ生への尊厳。

透明にろ過され神韻にそよいだ。

魂に痛みが貫通した。

人生のもの哀しい栞を一つ一つ挟んでいのちをつづる。

哀しみが化石した沈黙の石。

墓は命日に人を集める。

海の視えるお墓から海岸線を視ると、波打際の青い線は汚されている。

何を良しとしてばらまくのだろう海洋投棄。

底引きあみから汚れをさらった。

海をちぎって核のこわさ浴びて、あみ目からダイナミックに放射能をこぼした水爆。

一見平和そうな現代は狂いながら流れていた。

戦争の忘れもの「原爆」

「原爆投下は正しかった」

チャールズ・W・スウイーニーを遅まきに知った。

平和の置きもの「原発」

原発イコール核廃棄物。

何を良しとして積もらすのだろう。

原子の落ちる音を聴いた。

突風のようにひゅんコトリと、かすかだが確かに「臨界」事故。放射線被爆。

染色体はこわれ、白血球はほそり、細胞はあばれ皮膚をうしなう。

臓器はやられ身体のすみずみの水をとられたボロボロのいのち。

呼吸のダメージ、来る。

火ぶくれの右手、治療中の無菌室の中は火。

病室の窓の外は雪が降っていた。火と雪の対極に震えながら祈る妻のつる一万羽。

届かない祈り、あばく。

原子力の安全は逆流して渦を巻く。打っ手無し。

臨界事故から八十三日のいのち。

心臓の筋肉だけはきれいなまま残された。ここだけは魂の住む所だから犯されないというように。


そもそも表面には視えない中性子が突き抜ける。

怜悧なペースで体をむしばむ。

「私のピカと同じ」とさくら子。

十七日間のポッダム会議の時、トルーマンは原爆を手にした。

「日本政府はポッダム宣言に降伏せず」とのことでトルーマンは原爆投下を言いわけにした。ポッダムの扉は核のはじまり。ポッダムの嵐の庭に散る露をさくら子は視ていた。

失くすものが無い、守るものが無い。

遠流からの痛みに只寂寥。
「ピカでは無いけれど」と安寿。
「醜い古傷の置きものは虐待」
哀しくてもにこっと笑おうとして
「お披露目は出来ないわ」ともろさを渡した。
乳房の傷口にとらわれて揺れをこうむる。

それぞれの生の持ち場をたどると、しまいきれない思い非日常の断章は昔から現代につながった人災。

トムスクから三十六Kの速さできのこ雲が上空を走った。悠久に編まれた自然の遺産。

地球は攪乱のゆりかご。憂うべき「核」環境くたし、のこのこ来る。おままごとの庭に雪のひとわんが転がった。

潔癖につきる

歴史のはかれぬ面白さを拾っていると、このようなくだりがあった。戦国時代、甲州《こうしゅう》で竹田氏という小豪族が出て来た。この家の信虎は、人間の胎児はどんなぐあいにして発育するのか視たいといって、一月《ひとつき》から十月《とつき》までの妊婦をとらえて順に腹を裂いて点検した。

殺生関白豊臣秀次、越前宰相忠直も胎児の様子を観察したことは東洋の暴君の通例だとさぐり知った。

女の意志のない時代に塗りこめられた歴史の無残。見くびり切っておごり切った男の無慈悲、女のはじらいもいのちも切り取る悲惨さに戦慄する。

一足とびに時は飛んだ。

くわっと眼をむき「ゆるせない」。極限を凝視して怒りがはじける。

男の本性は遠い歴史から整々と今の世へと交代に至る。

好奇にひかる間抜けた奴が「引っぱりだこ」だと申しまして、ついでに女の所へ寄って来たと妙におかしな話を一つ語った。

なまめいた夕日が海をこがした。

赤いしぶきの強烈、岩にしぶきをちりばめたあと、そぞろの波がおししずめる。

変化をたんのうしたとのんびりな仰言り方は、まずは良いとして、はりつめた奇妙な回想が旅先を物語る。

夕日をめぐらすと「心がゆく」かきたてる。

太陽をめぐらすと「心が戻る」思いをはせる。

一の舞い。

その男は本能を先取りにして遊びを背に、女を落とすことにかけては「うってつけ」のいろの魔術師。

いまひとつの狡、女の怨嗟を買う。

二の舞い。

はらませて何の手当てもなく責任回避を折りこんだ調子者は、当面あいまいな笑みで「助けるどころか」逃げ得狙い。

心をよそに「女をとりかえていたっけね」

わやくちゃや、女への侮りがにじむ。

もう一つの狡。きたなく隠れた芸当。

男一匹とっとと来てさっさと行った。

女一匹きょとん。

つたなくうぶい女は恋そよりに気をとられ「ろくすっぽ」内面を視ないで外見に
「そそられて」視惚れた。

かるいノリの「乗るタイプ」

からっきし生活設計も無くまがいもの。

「あれよ裏切り返り忠」だと了解したのはずっと後のことだった。

腹を裂かないまでも女を見くびることは今の世も同じ。

清潔の鞘に収まらない見積もりのズレ、可能の鞘に収まらないズレ模様にどんな知恵をめぐらせばいいのか幼かった。

女をなめているのなら「なめかえしてやる」と題目のようにとなえていると
「なめかえす」ことが板についた。

「あてにしない」という見返すゆとりが生まれた時、当然本格的な女の時代がやって来る。

食べさせてもらう「もらう」という依頼の姿勢で待つ女の甘さから「食は自分の器で食べる」と自立した時、よくしたもの。

「男のパンツ一枚洗うのも厭」はありえていい。

平等という一点にしずめたこの見積もりは私の身に照らした自由に通じる考え方。

こうなったのも誰のせいかと夜来の男になすする。

「なすする」ことは一理ある、いたしかたのないこと、そんな風に感じております。

三の舞い。

近頃、先読みして平等もんどうは、経済もんどうだとつき当たる。

経済を背に停む女特有の媚を具合よくめぐらした「結婚」をさて置いた。

愛という威光をかさには「迎合しない」

男は羽ぶりよく「食べさせてあげる」と、女をなつかせるのは常のことだと気をはかるが心服しない。


きりきりしまった才気は男の目論みを払った。

歴史上の暴君をはがした時、不快をけって今にして引き合う。

現代にしてはじめてしっぺがえしをやるのも仕方のないことと、一理ある。

「侮られない」を目印に、見くびった男からの飛翔。

今をさかりに女の気骨を行く。

男に引きくらべ現代になっても経済的に女は平均になってはいない。

布施で世に立つ坊しゃん。

「私が死んだら坊の経はいらない」

こんなぐあいにくふうして身を立てるのがせいいっぱい。

女の経済はかくの通りほそいと、挨拶もそこそこにさっさっ切り上げて、上り坂をすっとぼけの傘さして光をころころまろばせ、とらわれない自由をいただいた。

いただきの先で一つに合った潔癖感は、独特の品位を発し美がのどやかに集まるところ感慨あら

たにたどれば、いっさいがひろびろと、

潔癖につきる。

画一化した文化は底が割れ、セコさだけが誇示されていた都会を捨て、海だけある何も無いさっぱりの漁村でとびとびの岩を渡る。上空にとんび。

海べりにへっついてのっぺらんと、勿体なくも時は流れつるつるの苔にこごんだ。

生きる元を断たれて社会とつながっていない所のひきこもり。

零落相応の安らぎを理想としてつましくうべなう。

「当面ここでひと休み」

岩場の貝を拾う為に三月の海へ足をすべらせてドボンと飛びこんだ。

海から上がって「岩にぶつかって痛い」と頬に赤い花を散らした。

安寿は何だか急におかしくなって、思いっきり黄色くケラケラ笑って自分をとき放った。笑っているのにその実、切実の詰まった景色は私をたわませる。

これから大切に生きようとするならば、清貧を貫く意志が独りを貫く。

血管の浮いた手は老けても、倹約屋《しまつや》が一文にもならないことに空費した一つの味わい。

はじまりはいつも遠流《おんる》からの血のこごり。生きる延長上で過去からの遠出に立ち止まった。

ドライフラワーを創っている花のお婆さんは何を言っても

「うん」でも「すん」でもなくなったのは時間のせい。

「ドライフラワー、花のお婆さん」未来という遠出は、洗いざらしのブラウスの上にバラのドライフラワーは「死」に置きかえられていた。

「生きた証はこれっぽっちと」

福祉事務公的扶助研究員に

「ここで会ったからってどうなるの」

休みあけ死んだと聞いてほくそえむ。

ケースワーカーの川柳はじめ。

人間の業をさらに視ていた。

偏見《へんけん》の活用

　窓から抜け出た稲田《いなだ》の絵をほしいままに、たちどころ知らない光を憧れた。しいの実の森に小人《こびと》さんを捜しに行っていた少女は、あきることのない先へのいざないにすきとおっていた。少女の時代は流れた。

　まっさらなままのきむすめのお得意先は「だまし」が用意されていた。静寂にゆだねて宮水に影を写した。

　気にかけるきっかけは、おとぼけめいてもきっちり見定めた簡潔なひとこと。

「おぼろげに花のある旬《しゅん》来たれ」と流れ出たひびきに「おめがねかなって」着目した春にお目見得おわしました。ゆめごころにのしかかられたおかしな占領は、のんのんとして滅法いい春の真髄《しんずい》。

　ひとしくあらしめてこそっと来た。ほたほた火照って、こそっとともった。おさまりどきは滅法いい普遍《ふへん》の魂。私のかんじかたは、あなたのかんじかた。ほっぺがきゅんと膨らんで幸福がきらめいてのびた。気にいった十九歳は確かにあった。明るさをつないで馴じんだ嬉しい出会い。

　感じる襞《ひだ》のすみずみにラブはこもる。ひょうきんな春がまばゆくよぎった。成就したい一念はかすかに雲って、かよわないページをすかしていた。優しっぽいかっこして、女の使いまわしをやってのける男のひけらかし。

「女にことかかない」と一つを押しのけて、隙をついてもぐりこむ「わざ」ダントツのたくみさで二つめをめがけて「つかみ」人生をペロッと成就するのはおとぼけの芸に達する。腕白めいて、やん茶で突破して芸を上げる。「見破りぞこね」芸のつづきにそそられてしがみついた。「私の負け」女の旬はほどなく散った。

　懐古の露地から遠い眼がガラクタを拾い集めていた。さかりの頃の恋ごっこは、とっ散らかったガラクタのまんま、すべからくいっぺんに千切れた。着目した春とどうしてもつながらない。とうてい信じられない運のからくり。

春にシャットアウトされた落差に偏見の活用が待っていた。錆た刃の秋に割れた。

世界のお集《つど》いが始まっていた。

青春のきわみ勝つ戦いのオリンピック。若い果実のほとばしりがテレビから聞こえる。ワーワーと歓声のはざまで「産む」か「産まない」かで悩んでいた。

東京五輪の喜びとは裏はらに、だんだん膨らむお腹をかかえてよぎる不安。処した身の妖うさ、おめでたの腹は体裁の為にへこまされた。いのちの見積もり、聖火を視つめながら子を殺した。

脈絡もなくめくった想いをかき消すようにガラス端のカーテンを揺らすと、はじかれた雀がチッチッと柿の木に枝移りをした。何十年遠い懐古《かいこ》の底にしんと沈めたいのち。カビくさく止まっている未熟の非。

未婚で「はらむ」という偏見につきもの、世間体のために用赦なく殺した。すうっと殺す方へとしなだれかかった。親族は殺す刃をかねそなえて世間と共感したありょう。

「私のルーツは底が知れている」

偏見とかかずらかったいのちのやりとり。

落差とひきかえに花のむざんを渡された。

いいようのないありょう。

ひっつれた季節のむざんに居すわり、笑いを消した。本能をもくずとけ散らして、いのちを捨てて来た。時は過去を捨てて行く。行き過ぎてやっと知った。

「いのちを恋う」「ほしいものはいのち」

良心のひとにぎり、あとから来ても「もう遅い」恋のはしっこをぬった片ときの真実、切り口の震えは内面の歪みで奇型化していた。

男と女の二本のレールは奇型化して、痛みはそのまま平行線。精神の蛇は狂気の線路をのたくった。うつぶした冬にやっと馴じんだ頃、何をはじいてお手玉しょう。

男心を凍らして内緒にこっそりブローチにしたの。着ける所がありきたり性こりもなく創りかえ、革命をはじいてお手玉してた。

「未婚のはらみ女は世間に通用しない」偏見の活用

から生まれた「産まない性」に一矢《いっし》射かけた。

「殺す血すじ」吹きこめられた革命の清めは妖しく、どう応用したか高が知れている。自主性はあくまでも残酷。ろくに生きないマヌけは「引っかぶる性根もなく」「焦点の定まりもなく」あらぬ方へと私見のすりかえ。

のんのんと「アホ」ガ行く。

ほたほたと「狂い」が来た。

理にかなった楽しみ上手はきれいな舌をペロッと少し「哀しいことは面白いこと」の安寿の真髄はまっさかさまに落ちた。

天の底から上を視れば梢《こずえ》の風におされてガラスに雲の流れが写った。

質素が心地良い。恨みにインプットされた風太。

こぎれいにとどめおいた息吹。

まっすぐ進んだ道はこんなかたち。

逆《ぎゃく》流《りゅう》

村山《むらやま》三《み》重《え》子《こ》

明窓出版

平成十三年十一月十日初版発行

発行者——増本　利博

発行所——明窓出版株式会社

〒一六四—〇〇一二
東京都中野区本町六—二七—一三
電話　（〇三）三三八〇—八三〇三
ＦＡＸ（〇三）三三八〇—六四二四
振替　〇〇一六〇—一—一九二七六六

印刷所——モリモト印刷株式会社

ISBN4-89634-083-3

ホームページ http://meisou.com　Eメール meisou@meisou.com